美 丽 乡 愁

2016

刘醒龙 主编

武汉出版社

目录

面冲村二日

苏北

一

雨一直在下，雨一直在下。列车一路向西，出了合肥即在大片的绿色田野中飞奔。绿色中一派烟雨迷蒙。车窗外是满眼的绿色，有山峦起伏，隧道，隧道，出了隧道又是山峦起伏，大片大片的浓得发黑的绿色山岗、田野。列车在六安稍作停留，只短短一个小时就到了金寨，——皖西大别山腹地的革命老区金寨。

金寨，这块古老文明、传奇厚重的红色土地，是鄂豫皖三省七县交界之地，土地革命战争时期，曾爆发过著名的“立夏节起义”和“六霍起义”，抗日战争时期，是国共两党安徽抗日救亡运动的中心，解放战

车窗外是满眼的绿色，有山峦起伏，隧道，隧道，出了隧道又是山峦起伏，大片大片的浓得发黑的绿色山岗、田野。

争时期，是刘邓大军挺进大别山的前方指挥所所在地，硝烟中走出了洪学智、皮定均等59位开国将军，是“中国红军第一县”和“全国第二大将军县”。

金寨是一块资源富集、物华天宝的富饶土地，境内茂林修竹、桑园万顷、栗茶相生、菌药遍地，是全国著名的生态建设示范区。被喻为“华东最后一块原始森林”的天堂寨，重峦叠嶂，风光旖旎，境内有梅山和响洪甸两大水库，是大别山旅游之璀璨明珠。

我已经是第二次来到金寨，我要去的地方是油坊店乡面冲村，我要在这个村里住上两宿。下了高铁，村支部书记黄尊云安排一个叫姚键的小伙子来接我。

姚键今年二十八岁，他现在在合肥开了一家叫铮意广告传媒的公司，公司发展得不错。小姚姊妹两个，姐姐还在村里，他当兵回来之后即到合肥创业。其实面冲村出外谋生、创业和打工的青年并不太多。全村600多户、2 400多口人，出外谋生的也只300多人。

姚键说：“农村现在发展得好。主要发展得好了。”

在之后的采访中也有许多人对我说，现在农村的面貌已大变样。用村委会副主任余述平的话说“幸福指数已相当高了”！

我在车上与小姚聊天，说，自从通了高铁，金寨再也不是交通不便的偏僻穷山区了。金寨人开玩笑，晚上下班到武汉吃个夜宵回来睡觉都不迟。

交通改变了一个地方。

二

依然是小雨。

晚上我在村里的“农家小院”住宿，正赶上主人一家中秋团聚。一大家子团团围坐，其乐融融。主人邀我一桌吃饭，我也不拒绝，欣然坐下，与主人一家聊起天来。

一个桌上都姓黄，只有一位姓马。原来坐在我身边的是主人黄守红，对面是他的一双儿女。儿子黄尊胜在上高中，女儿黄晓梅已经大学毕业在合肥工作，特地赶回来与父母一起过节的。他说，我们这个村在响洪甸水库的上游，离著名的天堂寨景区也只70公里，村里家家户户以种茶采茶为生，每家至少有几亩的茶园。

黄守红说："采茶季节客人特别多。漫山遍野都是茶。"

他告诉我，他经营的这个"农家乐"主要是他哥哥的产业。他的哥哥黄守山，是村里的致富带头人，创立了"露雨春茶叶有限公司"，研制生产"六安瓜片"和"皖西白茶"，拥有茶园基地千亩，通过产业带动和帮助几十户贫困户脱贫致富。

其实这些情况，在村里的"农民文化园"都能看到。我在"文化园"的宣传栏，看到这么一段话：

面冲村地处大别山腹地、响洪甸水库上游西岸，是六安瓜片的原产地、皖西白茶的主产区，盛产茶叶、板栗、毛竹、响洪甸生态鱼、山里黑毛猪，当地的锅烧豆腐、手工挂面、红烧猪肉、生态鱼等名闻遐迩。

面冲村只是金寨县的一个缩影，仅看看油坊店乡的数字也能代表。全乡茶园面积4.2万亩，省市级龙头企业6家、茶叶粗制厂71家，"皖西茶市"——朱堂茶叶市场占地面积200亩，年交易额达亿元。全乡农民收入的60%来自于茶叶。

与村里的副主任余述平聊天，我问"面冲村"的"面冲"，是何来历。

老余是村里的"秀才"，他特别喜欢看书。他告诉我：面冲，古称"当面冲"。传说古时这里是一块四面环山之地，一位姓何的官人想建一座宅院，请了一位风水先生找到这块地方，建了一座宅府。宅府的大门正好对着这条大冲，于是当地人便叫了“当面冲”，后来人为了省事，便直接叫了“面冲”。

三

第二天清早，仍然是细细的小雨，我起床出来，在村道上漫步。水泥路面的村道洁净而弯曲，空气清新，远处的迷蒙的群山，层层叠叠，连绵不断。

村道的两旁青翠欲滴，我一路走去，迎面是竹林、挺拔的青松和粗枝大叶的栗树。

在村上口，一个大弯甩下来。高坡处有两棵高大的树，叶子碎碎的。我走上去，问一个村民：“贵姓?”

他正走出房门：“姓胡。古月胡。”

我问：“请问这是什么树？”

“榆树。”

“有多少年啦？二十年有吧？”

“四十多年啦！”

我仰头看看，树上搭了个老大的喜鹊窝。

往回走时，再低头去看，地上到处爬满了高高低低的扁豆花。水红色的蝴蝶般的小花一串一串枝头峭立，紫红色藤蔓在风中摇曳着，卵状的叶子三片一丛三片一丛，显得嫣然多姿。路边还有一丛丛的鸡冠花，开着一串串像鸡冠一样的血红色的花序，一边的下畈，爬满了冬瓜藤，有两只大冬瓜藏在藤蔓的下面。

两只麻鸭摇摇摆摆在村道上行走，一只母鸡被淋得透湿从后面赶上来。

“咯咯咯……”

“咯咯咯。”

水泥路面的村道洁净而弯曲，空气清新，远处的迷蒙的群山，层层叠叠，连绵不断。

另一侧有几只小母鸡和一只红冠的大公鸡互相和着。

美人蕉在路边开放。

村头的高坡处，有一块宽敞地，于是就有了商业的气息。有一家南里湾超市玻璃门上贴了一副对联：

云水谷中茶飘香

绿色生态美名扬

在超市的门口，停着一辆江淮轿车。而另一侧的电子商务服务站，则是联通世界的桥梁。正像门口的广告牌上所说："足不出村，购遍全球；啥都能买，超级省钱。"为形象直观，还图文并茂画了许多漫画。

我正走着，村部的大喇叭响了。看表，晨七时正。广播是金寨人民广播电台，先是一段宣传语。我只记得：

"讲卫生，家家是窗口……"

之后介绍一些小知识：一包茶叶，除了泡水喝，还有什么作用呢？

这样听大广播，真是久违了。广播响彻全村的上空，在山谷中回荡，仿佛远处山中的云朵和松林都能听到。

逛了半天，听到"呼呼呼"一阵鞭炮响，正赶上一户人家乔迁之喜。我好奇地走上去，啊呀，真是热闹，还专门搭了喜庆的大红彩门，门上横梁几个金色大字：

恭贺余述海匡贵玲乔迁之喜

走进人家，楼上楼下挂着灯笼，堂屋里来了许多客人，准备着吃喜酒。厨房里，几个妇女正忙得火热，锅内烧着牛肉、小鸡和土猪肉，一阵香气飘入鼻端。我边张望边走出来，几个妇女怯怯地笑。我举手抱拳连连祝贺，她们笑说，等一会儿过来吃酒……

四

与村支书黄尊云交谈。黄尊云是个女同志，却已经当了三届的村支书了。她对我说：我们村三面环水，丘地茶园，以湖光衬托绿茶，林地自然风景优美。全村的主导产业就是茶叶，农民收入的九成来自茶叶，也是全乡茶叶最大村。他们坚持“打生态牌，走特色路。做茶文章，改农村貌”的发展思路，农民收入得到很大的提高，也涌现出一批像黄守山、李守安等的致富带头人。

现在面冲村是全省的乡村旅游示范点和休闲农业示范点，待村里的西茶谷主题公园和茶叶交易市场建成后，茶叶经济将会更上一个台阶。

在发展好特色经济的同时，面冲村更注重美好乡村的建设。几天的走访我也深切感受到，他们建设了农民文化乐园、休闲广场。今年春节还开展了民俗演出晚会；挑花篮、玩花船、舞双狮、特色花棍表演，搞得很热闹，很受村民的欢迎。村里还制定了《村规民约》和《村训》。比如“心旷路洁室净，神怡水碧山青”是《村规民约》中的，“爹娘养了我，恩情大如天，老人年纪大，千万不能嫌”这是《村训》里的。村里还开展“好婆婆”和“好媳妇”的评比。村里对孤寡老人的关心、对贫困户的帮扶、对留守儿童的关爱，等等，都有相关的配套措施。面冲村还特别重视教育，每年都有考上重点大学的学生，去年村里的余海洋考上了北京大学、马健考取了南京大学……总之，他们的目标是：将面冲打造成“宜居、富裕和文明”的“茶谷小镇”。

五

临离开的前一晚，雨终于停了。

晚上九点多钟，我走出房间，一个人走到村道上。村子里安静极了，昆虫在村子的各处鸣叫得欢（其实也是一种吟唱）。

我举头一望，在乱云飞渡的中天，一个大月亮，带着一圈淡红色的光芒（那个光芒非常之圆，护卫着月亮），在云层中飞快地穿行。这是我多年没有见到过的、也是世世代代的人所见过的大月亮，在云层中穿梭，急速地穿梭。

——这是一种什么样的力量？

我在面冲村，举头望明月，在中秋之夜。我会永远记住这个我一个人的夜晚。

寻找消失的存在

马晓丽

你在泛黄的老照片里微笑，眼里有光，是那种来自岁月深处的，穿越历史并充满关切的目光。

只与你对视了片刻，我就决定动身去海岛小渔村了。

我想去看看那个据说是辽南升起第一缕炊烟的广鹿岛，我想去拜访那个发现新石器时期原始人聚落遗址的吴家村，我想去瞻仰那方岛民出资为一位在世贤者立下的功德碑……

而这一切自然都与你有关。

那里是你魂牵梦系的家乡。

你在泛黄的老照片里微笑，眼里有光，是那种来自岁月深处的，穿越历史并充满关切的目光。

贝丘

你离开家乡有多久了？我替你计算了一下：从一九三九年你最后离开的那个日子算起，至今已经过去整整七十七年了。七十七年，实在是太久了，整整四分之三个世纪！这样漫长的岁月间足以发生许许多多的事情，足以改变一切，足以创造历史。

你一定不知道，在你离开家乡三十年之后，因为一次偶然的发现，这里的历史记载发生了重大的改变。

那是在一九六八年，一个极平常的日子，生产队长刘本枝带着村民在吴家村小珠山的东坡上修梯田。大约在上午十点多钟的时候，刘本枝发觉铁锨下面碰到了硬物，他本以为是块石头，使了把劲儿却挖出了几件研磨成形的石器，有石斧还有石针。起初，刘本枝还没太在意，只觉得挖出的东西挺稀罕。但紧接着，村民们又陆续挖出了许多破碎的石碗和陶罐，刘本枝这才觉得田里一下子挖出这么些稀罕东西是个事儿，就把情况报了上去。

刘本枝怎么也不会想到，他这一锹挖出的竟是六千五百年前的贝丘遗址，而小珠山贝丘遗址的发现，把辽南地区人类居住的历史足足提前了两千多年，提前到了新石器时代的原始人聚落时期。媒体于是惊呼：广鹿岛是“辽南第一缕炊烟升起的地方”！

一个远离陆地的小岛，怎么会先于陆地有人类居住呢？我带着满腹的狐疑，去造访中科院考古研究所的金博士——一个在岛上研究小珠山遗址多年的考古专家。只有得到专家的证实，我才能确信媒体的妙笔生花。直到站在清瘦文弱的金博士面前，我才后悔不该执意来打扰她了，她其实是个正在接受治疗的病人。长年艰苦的考古工作损害了她的肺，她说话的气息很短，其间还要不停地喝水缓解，医生曾一再叮嘱她尽量少说话。显然是为教养所束，金博士才没拒绝我，克制地接待了我这个执意闯入者。她站起身，自己没落座也没给我让座。我明白自己必须尽量缩短打扰她的时间，就赶紧拣最紧要的问题请教，很快告辞出来了。

从金博士的工作室出来，一脚就踩进了明亮的庭院。我抬起头，看见仲夏的阳光如金箔般洒落下来，热辣辣地洒了我满身满脸。那一刻，我心里突然涌起一股压抑不住的冲动，想把这一切立刻告诉你。

我想告诉你，你家乡这个只有31.5平方公里的小岛，不但是辽南地区迄今为止发现最早的人类居住遗址，还是目前海岛考古证实为中国最早有人类居住的海岛。

我想告诉你，广鹿岛的史前超文明已经引起了世界各国考古专家的关注。小珠山遗址将成为世界考古界的焦点，吸引各国专家来这里，共同研究这个极具意义的新石器时期原始人聚落的贝丘遗址。

我还想告诉你，小珠山遗址已经被国务院公布为第七批全国重点文物保护单位，有关方面目前正在规划筹建小珠山遗址公园。

我知道这些消息对你都很重要，知道你一定很想了解家乡的一切，很想知道家乡的每一点哪怕是细枝末节的变化，因为你真的是太爱这个地方了。

老宅

我寻到了你的老宅。

我应该想到的，经历了这么漫长的岁月，即便老宅还在，也已是面目全非了。

果然，老宅只剩下了中间的一截，像个衣着寒酸的旧人，自知无趣地夹在两栋新盖的楼房之间。上前仔细辨认，还看得出老宅曾经的不俗品相。垒房的石头显然都是精心车过的，石面平整，接缝严谨美观，门两边的墙脚处还各垒有一块雕着元宝花朵图案的础石，使老宅于沧桑中隐约显露出曾经的气派。

守护老宅的仍是你们刘家人，他叫刘志训，是你叔伯兄弟的孙儿。你当然不熟悉他，他是在你离开后才出生的。但你与他的祖父却十分熟悉，他是你最好的兄弟。你们从小一起玩耍，一起读书，又一起离家渡海去山东求学。你比他笔头好，他学不过你。但他善谋划，一生都在身边帮衬你，做成了个师爷的角色。

老宅是刘志训后来买下的。他说老宅本是前后两排各五间房的进深院落，作为门面的前排老宅更有气势。可惜当时他没钱都买下来，只买了后排的老宅。结果，只能眼睁睁地看着前排老宅被拆掉了。后来，后排的老宅也因为要盖新房，把两边最有特色的屋角翘檐给拆掉了。

据说，你其实在这座气派的老宅里住过的年头并不长。你住得最久的老宅是三间小房，不是大瓦房，而是海草房，是岛上最常见的那种渔民住的用海菜苫顶的房子。如今那个三间小房的老宅自然早已踪迹全无了，而这个大宅子则是后来由你孙媳妇的娘家出资盖的。孙媳妇的娘家姓吕，是岛上的大户。吕家把姑娘嫁给你刘家做孙媳妇后，大概是实在看不下你这个十六岛岛首住那样简陋的房子，就主动出资给你盖了这个大宅子。

是的，你在清末就被拥为金州十六岛总会会长，后又续任会长二十余年。据说，刘家家境殷实，你自幼读书，18岁赴山东登州府蓬莱县求学，前后读书17载，是广鹿岛屈指可数的饱学人士。但令人不解的是，你的学识和职位似乎并未给你增添多少财富。岛上的老人都说你生活十分简朴，不讲究吃，也不讲究穿。

我不知道眼前这半截房子还能不能算是你的老宅。说实话，看着这座备受冷落的老宅，我心里真的很失落。我以为你的老宅应该是被岛民精心保护起来的，至少……至少也不该是眼前这副残缺不全的模样。

除了老宅，我当然还想看看你的家谱。我知道你们刘家不仅在这个渔村，在这个岛上也是户大姓。据说，刘家的家谱古老而完整，具有史料意义。但我没能看到，保管家谱的刘家后人搬新家时，不知把家谱放在了哪里。我提心吊胆地看着他几通翻找，几通电话问询，结果终是没能找到。

离开那家的时候，我心里满怀忧虑，不由想起自己回老家寻找家谱的事。当时我满怀希望，却被告知家谱在房梁上被老鼠嗑成了碎片，什么也看不到了。虽然我相信你的家谱还在，但我真的担心那些脆弱的纸片历经沧桑，再也经不起岁月的磨砺了。所以，我暗暗在心里怀着一份渺茫的希望，希望有关方面能收藏你的家谱并妥善保管起来，让它不致于流失，让它呈现应有的价值。

石碑

石碑本身就是个传奇。

这是一座功德碑，立于民国十九年即一九三〇年。碑身为上好汉白玉，正面刻有“德绩永彰”四个大字，背面刻有345字的颂德碑文。

碑是金州所属多个海岛的三十位乡谊，共同出资为一个人敬立的。

这个人就是你——刘镜海。

对此我一直心存疑惑：碑，通常为辞世之人而立，而立此碑时，你尚健在，那么岛民为什么要为你这个在世之人立碑？莫不是因为你的权势？毕竟你是十六岛的岛首。抑或是因为你的财富？就像那些用银两财物捐出了名声的人？

然而，都不是。

且看下面这段碑文：

今者公年已七旬晋八，家境屡空而精神矍铄，体健如恒竟于去岁辞退会长，杖藜诗酒，任意遨游。见者以为神仙不啻也。

这段碑文撰得十分有趣，一般的功德碑文都是套话空话连篇，极少见这样活泼传神的文字，连音容笑貌都跃然纸上。

碑文中说你“家境屡空而精神矍铄”。这似乎证实了我之前对你的揣测：你的学识和十六岛岛主的职位并未替你敛得财富，只是我没有料到，刘家本就是岛上的富裕人家，你又做了二十余年的十六岛岛主，到了晚年竟然会是“家境屡空”。

碑文中还说你“体健如恒竟于去岁辞退会长”。却原来，立碑之时你已不做会长一年有余了。你能在众人拥戴、体健无恙时辞退会长，倒能说明你是个知进退、懂取舍的开明通达之人。

待看到碑文中说你“杖藜诗酒，任意遨游。见者以为神仙不啻也”这句时，我差点忍俊不禁笑出了声。透过这些文字，我似乎看到你长衫轻履，须髯飘飘地向我走来。只见你手持藜杖，呼朋唤友，诗酒相邀，率性而为，真如神仙般逍遥自在。想不到素来性情稳重温和，少言寡语的十六岛岛主，竟也有这般真性情。

是在听到了那些在百姓间口口相传了上百年的故事之后，我才明白百姓为你立碑，绝无半分对权势财富的阿谀之意，实属发自内心的感激之情。

岛上流传最广的故事就是“今年无税”。

光绪末年苛捐杂税日亟，当时，岛上百姓在皮口粜一斤粮谷的税捐，几乎等于一斤粮价，这样高的税捐令岛民生活困顿，食不饱腹，民不聊生。看到这种情况，你挺身而出，为民请命。你说：“民为邦本，食为民天，我身为会长，焉能不为民分忧？”于是，你与大长山岛会长于桂芳一起赴奉天府越级告状，请求为岛上的百姓减免税捐。当时，接见你们的奉天府官员赵天溪问你：“尔等家中缺粮吗？”你答：“非也。我等此来，实为金州十六岛的百姓请命。”赵天溪闻之，肃然起敬，令你二人就座，细陈民间苦楚。此后，赵天溪将陈情呈报上司，请求定夺。月余之后，批文下达奉天，赵天溪复召你二人，出示批文，曰：“税为国家规定，一般不予豁免。姑念边陲岛屿民食维艰，但居民购粮只限今年免税。”你二人见批复只准今年免税，仍无法解百姓之难，正踌躇无语间，赵天溪在一旁提示道：“批文忘具年月，本官不予补赘……”你与于桂芳欣然会意，急返金州将批文报呈，旋即于皮口财神庙前（此地为粮食市场）勒碑为记。碑文只凿上“今年无税”四个字，不具日期。自此，皮口粮市年年“今年无税”，不收税长达二十余年。

另一个故事是“拒沙俄‘路捐’”。

一八九八年，侵占大连地区的沙俄为修筑大连湾至金州的铁路支线，向岛上百姓强征“路捐”，要求上交四万元。当时，岛上百姓的生活十分贫困，根本无力承担这样的强征暴敛。征捐人员找到你，要求你这个广鹿岛会长出面替沙俄收取“路捐”，并以沙俄镇压金州、旅顺等地抗税的残暴行径，对你进行胁迫。你却当即严词拒绝。为了阻止沙俄以抗税为由伤害海岛百姓，你随后立即驱船直抵大连湾，只身去沙俄驻军司令部为民请愿，称“岛上居民糊口不暇，无力缴纳路捐，我此来乃受海岛民众之托，向司令部请求抚恤周济。”在你的斡旋下，沙俄侵略者终于无可奈何地收回成命，免去了岛上百姓的“路捐”。

至今，岛上还流传着许多你的故事，有你与日本人智斗为岛上渔民争出海权、争海参捕捞权的故事；还有你替岛上百姓出头，与土匪斗的故事。人们说，你常为岛民打官司，经常看到你布衣轻履，一边听面前的乡亲讲述，一边单膝跪地在另一膝头上记录，再回去为人家写状子。那时岛民无论碰上什么急难险情，首先就会想到去找你。难怪碑文上说你“排难解纷，急力赴义，乡党有事，公一至辄片言而解”，并称赞你“为人民谋福利，为地方兴公益，凡属义举更仆难终，百废俱兴，任劳任怨”。

据说，这方功德碑当初是立在吴家村老爷庙前的。但当我提出去看碑的时候，才得知石碑现在已流入个人手中，被锁进一个废弃的仓库里了。

我找到了那个地方，但院子的大门紧锁。有人帮我去找院子的主人，说碰碰运气吧，估计没啥指望，这人常年不在岛上，十有八九是找不到的。

我焦虑地站在紧锁着的大铁门外，无奈地向院子里面张望。院子很小，满院子的荒草肆意疯长，显然许久都没有人进去过了。对面那排破败的正房，据说就是从前的老爷庙，只是很早就断了香火，被改做仓库了。如今，我要寻找的那座传奇的碑就锁在里面。

去找人的迟迟未回，我几乎已经不抱什么希望了，心想既然无缘看到碑的真容，就隔着铁门照下这个院子，照下这座锁着石碑的房子吧。

也许是我的诚心起了作用，也许是我与你真的有缘，去人竟把掌管钥匙的人给找来了。刚打开锈蚀的院门，我就拨开没腰的荒草，急急来到房前。来人却没立刻打开门锁，他在门边停了下来，指着门左侧的一块平地对我说，这里是碑座。我呆呆地看着那块被指为碑座的地方，一片荒芜，什么也没有。

门开了，我一脚踩进了暗处，茫然四顾，只见屋里散乱地堆放着许多杂物，却不见那方石碑。“在这里。”我循声望去，看到来人指着墙角下灰蒙蒙的一堆东西。三把两把地扒开杂物，掀起覆盖在上面的纸壳，果然露出了汉白玉石碑。

这块传奇的石碑就那样静静地平躺在墙角，正面朝下，背面朝上，上面蒙着厚厚的灰尘。在昏暗的光线下，依稀可见上面的碑文。

那一刻，我实在不知该说什么是好。

没有什么可抱怨的。“文革”期间，岛上所有的庙宇石碑都被砸烂了，只有这块碑奇迹般地保存了下来。说奇迹是因为并非有人刻意保存，那场浩劫把人的心智都搞乱了，没人顾得上也没人敢保存什么。人们都疯了般地拆庙宇、挖祖坟、砸石碑。当时刘家八亩地祖坟里的上百座坟茔，包括你的坟冢都被夷为平地，据说，连沟渠里都可见滚落的人

我突然明白了，原来在这个海岛，在你的家乡，在你用全部生命爱着的这个地方，你始终是一个巨大的存在，从不曾消失。

头。无论谁的碑都要砸碎，没有一块碑是完整的。砸碎的碑就被人捡去当作石头垒墙盖房了。当年曾在吴家村小学上过学的人告诉我，那时学校的墙上随处可见刻着字或花纹的石头。

只有这块碑是被整个砌进墙里的。谁也说不清这是怎么回事，只知道现在的持碑人买了这座房子，拆房子时发现墙里有块碑，挖出来一看，才知道是这块闻名遐迩的功德碑。令人惊异的是，这碑虽也历经磨难，竟能独善其身，至今完好无损。岛人于是争相传颂，说碑文上刻着呢，说刘镜海“积德必昌，天将有以酬善士”。人们说，看见了吗，这就是积德的结果，这就是老天保佑的结果。

渔村

一路寻来，我常常会有一种愧对你的感受。

我来岛上是想寻找存在的，来寻找那些能够证明你的现实存在，但我几乎什么也没能找到，我所找到的都是些已经消失或正在消失的存在：

我找到了你的老宅，但它已面目全非，不是从前意义上的老宅了；

我找到了你的功德碑，但它却躺在暗处不再站立，不是真正伫立的碑了；

我在广鹿岛乡志上查到了碑文，但连这历史资料上铭记的碑文都是不完整的；

我没找到你的家谱，不知那些脆弱的纸片是否安好，那些珍贵的记载是否清晰；

我没找到你的坟冢，因为它早已被夷为了平地，连刘家的后人回来祭奠，都只能是蹲在路边为你焚炷香烧点纸；

令我一直难以启齿不忍告诉你的是，我连你的吴家村都找不到了。那个你生于斯长于斯的小渔村，那个令你魂牵梦系的古村落，如今已经失去独立身份与另一个村子合并，吴家村的村名已经在广鹿岛的行政序列中被取消了。

对此，我只有唏嘘。至今我也想不明白，为何连古老的贝丘和名贯诸岛的你，都不能保住吴家村，不能让这个古村落独立面世，展示自己的悠久历史和精神内涵？

这个夏日，海风似乎格外地腥咸而黏腻。我陪你站在海边，向远处眺望。蓦地，我又看到了你眼里的光。说实话，你的外表并不出众，身材瘦小长相平淡。但你的目光却十分吸引人，里面闪烁着智慧的、略带顽皮的、充满能量的光。直到看清你的目光，我才明白身为十六岛岛首的你，怎么敢藐视大清廷律让岛民免税二十年，怎么敢只身面对沙俄侵略者为民请愿免征路捐，怎么敢公然与日本人争近海海参捕捞权。还有一个流传至今的故事，很能看出你的个性。说的是清朝末年间，岛上有一渔家姑娘自由恋爱未婚生子。虽然孩子生下就死了，但按清律还是要受惩罚的。于是，金州府派了两名专干来岛上查问此事。没想到渔家姑娘死也不肯供出孩子的父亲，两个专干便押着怀抱死婴的渔家姑娘乘船去大陆受审。当时你正巧也在这艘船上，得知详情后上前询问专干："你们抓人可有证据？"专干指着渔家姑娘怀里的死婴说："这就是证据！"你不慌不忙地走到渔家姑娘面前，说："把孩子给我看看。"接过死婴后，你只看了一眼，就突然一扬手把死婴抛进了海里。那一刻，所有人都惊呆了。两个专干从震惊中回过神后大喊："你……怎么敢毁掉证据！""证据？"你淡淡地回问道："谁看见证据了？"随后，转过身安抚渔家姑娘说："没事了，回家吧。"要知道，在做这件事时，你可是任金州十六岛总会首呢。

我猜想你其实是个顽皮的人，只是你的身份和责任不容你顽皮，你的德绩和声誉又令人们不肯说你顽皮。世事就是这样，端庄着可敬，但可敬的常难以可爱，但我知道你是可爱的，我看见了你眼里的亮光，那闪烁的亮光出卖了你。若非如此，如何解释你晚年"杖藜诗酒，任意遨游”的样子？若非如此，你怎么会令“见者以为神仙不啻也”呢？

你对我的猜测不置可否，只默默地看着宁静的港湾和停泊的渔船。你奇怪海边为什么这么安静，我解释说现在是休渔期。我不知道你是否理解，因为你那时的海没有休渔期，那时的海无比丰饶，滩涂没有受到破坏，近海的生物比现在多，也比现在容易捕捞。我看出你在担心休渔会影响渔民的生活，就指给你看岛上遍布的“渔家乐”，告诉你渔民早已摆脱了只靠打鱼吃饭的日子，他们利用自家条件接待来岛上旅游的客人，有了其他的收入和别样的生活。当然，我不知道从渔人的角度看，这样的变化究竟是好还是不好。但这就是生活，生活总是以它自己的方式变化着，并影响和改变着我们，不是么？

也有不变的，我指给你看望海岭上的马祖庙。与你在时一样，每年农历六月十六马祖生日那天，渔民们仍旧会在那里祭祀马祖，祈求马祖保佑渔船安全，渔猎丰厚。那时海岛上渔民在海上指望马祖，在岛上就指望你了，无论大事小情都要来找你商议、决断。现如今，马祖庙的香火仍在延续，不仅重修了庙宇，还建立了马祖文化节，地方政府正在发扬光大海岛的民俗文化。而你呢？毋庸讳言，你的痕迹正在逐渐消失。我不知道对此你会作何感想，反正我是心有不甘，我不想看着那些与你有关的，承载着海岛深层道德精神的文化遗产，在人们的长久漠视中，被喧嚣的浮躁淹没。

你笑而不语，把目光移向了远处。

我忽然产生了一种感觉，其实，你早就知道我此行什么也找不到的。我的内心不由充满了伤感，我是来寻找“存在”的，但我寻找到的只是“存在的消失”，我几乎什么也没能找到。

你已经找到了。你突然说。

我一愣，你是指贝丘、老宅，还是碑、村落？

存在有很多种形式，你说，不一定只以实物的形式存在。

有如醍醐灌顶般，忽然间我觉得天灵的某处敞开了，涌进了通亮的光。

是的，存在不是只以实物的形式才能跻身世间，很多人类宝贵的精神遗产都是以非实物的形式代代相传承袭下来的。你虽然已经离开七十多年了，但这岛上几乎每个人都熟知你的名字，都能讲出你的故事。我想起那个带着我到处寻找老宅、石碑的乡文化助理刘明德，他几乎就是广鹿岛的百科全书，熟知海岛的考古历史、文化习俗，熟知你的生平故事；我想起那个买下你老宅的刘家后人刘志训，他至今都以生为刘家人而自豪，告诉我刘家人在这个岛上是有品行的，整个下午他都在滔滔不绝地为我讲述你的故事；我想起引导我上岛采访的县宣传干事杨淑革，她对广鹿岛充满感情的介绍和对你的敬仰推崇令我深受感动，她曾经写过很多介绍你传扬你的精神的文章。我们一起去看功德碑的时候，我听见她不厌其烦地劝说保管碑的人，要他把碑交给国家……

我突然明白了，原来在这个海岛，在你的家乡，在你用全部生命爱着的这个地方，你始终是一个巨大的存在，从不曾消失。这种精神的存在不需要任何物质形式的承载，却能在代代百姓的口碑中相传，在民间的故事里生长，在海岛人的道德意识中扎根。

我相信，终有一日，你的存在会引起更多的关注，会作为历史文化遗产为你的家乡注入更多的精神内涵。

对此，我充满期待。

二狗湾，神住过的地方

广子

昭君坟高来二狗湾湾低
我在那二狗湾湾等呀等过你
明沙沙坡上放的一群牛
虽然我爱你我开呀开不了口

第一次听到这首山曲儿，是在去二狗湾的路上岳母唱的。刘虾悄悄告诉我，在《二狗湾》所有曲调的版本中，只有昭君镇本土的最为正宗，也就是我岳母唱的这首。刘虾是土生土长的达拉特人，以她对鄂尔多斯民歌的熟知和热爱，我当然不怀疑她的话有夸耀之嫌。但对我来说重要的是，岳母唱得简直太迷人了，当那种烟熏火燎、牵肠挂肚的味道

离别之际，狭长的柏油路似乎没有尽头，等待收割的玉米地和葵花林已浑然退隐、化入苍茫天地。凝望或回视，暮色中的二一狗湾是那么美，一种旷世的挽留和遗忘之情在胸中涌动。

从这位60多岁老人的喉咙婉转而出时，我瞬间就陶醉了。顺便提一下，我岳母十五岁进入当时的达拉特旗乌兰牧骑，如果不是命运造化，老人家现在至少会成为享誉鄂尔多斯的民歌艺人。

关于二狗湾村，尽管这是一个神奇的让人无法想象的地方，尽管这里有两千多年沧桑历史的金津古渡、河阴古城以及一座远比著名的雅称青冢的呼和浩特昭君墓传说更久远也更为寂寞的昭君坟，但外界即使很多达拉特人也对它知之甚少。二狗湾村太小了，有多小呢，不拿地球比喻，就以它身后的黄河说吧，北方人不是喜欢把黄河称作母亲吗，那二狗湾村就是我们母亲身上的一颗痣。

小是小了一点儿，但对于达拉特和昭君镇来说，二狗湾村是不可或缺的，没有二狗湾，达拉特身上就少了一块肉，昭君镇将流尽体内最后的血。

这么个小地方，两千年前它却是大将军蒙恬受秦始皇之命，夯土积石、堑山堙谷修建的秦直道（陕北俗称皇上路）北端；北魏开国皇帝拓跋珪的福地，他由此北渡南移，大败燕军慕容宝、灭掉塞北草原最后也是最强大的对手匈奴；王昭君从这里登船渡河，北上和亲；一代才女蔡文姬，感伤乱离、挥泪归汉，在此拜祭昭君庙，写下名篇《胡笳十八拍》；资深美女貂蝉还乡省亲，亦经由此地。

仅凭这些，人们可能仍难对二狗湾村的地理位置有个直观的概念。但如果提到库布其沙漠，我想人们大概不会太陌生。南北纵深50公里，东西绵延400公里，号称中国第七大沙漠的库布齐沙漠正是由二狗湾的腰际横贯而过，连接起内蒙古鄂尔多斯北部三旗杭锦旗、达拉特旗和准格尔旗。二狗湾就位于库布其腹地边缘，直线距离不过一箭之远。

库布其是蒙古语音译，意为弓上的弦。因黄河在沿库布其沙漠流域像一张巨大的弓，库布其就像绷在弓上的弦而得名。

二狗湾也恰好在这根弓弦上。

9月14日，中秋节前一天，与达拉特旗文化局孙喜梅副局长相约同行，第一次造访二狗湾。

作为内蒙古作家协会2016年度的挂联作家，我需要选择基层某地体验生活积累写作素材，并与当地一个贫困户结成帮扶对子。适逢其时缘遇我的爱人刘虾，顺其自然便选择了达拉特旗。也因此机缘，注定了我与二狗湾村的萍水相逢。

无论历史典轶多么宏大跌宕，于普通人的经验而言其实并无多少实际意义，何况是两千多年后的乡间草民。我的好奇心也许热衷穿越千年风云去探寻古代先祖的秘密，但我的实用主义和当下感使我更愿意关注脚下这片真实的土地，一个触手可及的乡村——二狗湾。

初来二狗湾并未感到稀奇，这是北方最普通的那种村庄。道路两旁繁茂的玉米地葵花林是我早已谙熟的景象，和我的出生地杭锦旗吉日格朗图没有什么不同。但真正走近它，还是会发现它独特的禀赋和气息。狭长的乡村柏油路，一边是一望无际的庄稼，一边是依高台地势而筑的漂亮农舍。犹显特别的是这里建房用的除了当地烧制的普通红砖，有很多竟然是用沙土、碎石和水混合浇筑成的异型石砖，而不是水泥，这和两千年前河阴古城采取的几乎是同样的手法。在一面向阳的坡梁上，就有一整面这样高达数米的山墙，怎么看都不像北方的农家风格。

沿着这条狭长的乡村公路走下去，地貌的变化也十分奇特。有像陕北那样的黄土断层，有典型西部特征的沙地盐碱滩，而在一块宽阔的高台上居然会突起昭君坟那么一座乱石山，有点儿像假山，整个二狗湾村就坐落在这个高台上。从高台向四周瞭望，南北两侧是辽阔的平原，远处黄河如练，如二狗湾身上遗落的一小片磷光，既不流淌也不消遁。

这次并非专程来看二狗湾，只是途经而已，我和这个奇异的村庄彼此都无法预知，我们的擦肩而过意味着一种隐秘的约定。

我们要去的地方是距离二狗湾大约七八公里的昭君镇。继续前行才渐有所悟，通往昭君镇剩余的路仍是二狗湾村的延伸。直到昭君镇，我都能清晰的感到自己内心的动向，它在记取一个名字：二狗湾。

相对二狗湾，昭君镇实在无可圈点。如果不是见到郭建忠一家，昭君镇对我来说也许就是一个地名。

郭建忠一家原本是孙喜梅的帮扶户，由于我的挂联任务中有一项要求，和挂联地的一个贫困户结成帮扶对子。她问我要不要另找一户人家，我说就你帮扶的对象吧，这样效果可能会更好一些。其实郭建忠一家算不上贫困户，只是夫妻两个身体稍有残疾。当地这么做显然出于政治考量，属于政府形态的惠民亲民之举。

认识郭建忠一家是我此行的另一个收获。小夫妻除了身体略嫌不便，人很勤劳，脸上带着鄂尔多斯人天然的淳朴，笑起来有点儿腼腆，充满善意。他们六岁的儿子不时从屋子里跑到外面，再跑回来，一会儿安静一会儿闹腾，像小时候的我。

二狗湾的过眼风情，昭君镇郭建忠一家的和谐美好，轻易满足了我的乡村情结，这是一次鲁莽而愉悦的即兴式体验。

高台遗址，古渡浮桥，黄河落日，沙漠草地……二狗湾村仿佛车窗外一闪而过的做旧又复原的影像，一截不停转动的胶片强行装进我的大脑里。

因缘际会真是一种奇妙的东西，中秋节的第二天，仅隔一天，我决定再访二狗湾村。因此也就有了本文开头的一幕。

在岳母哼唱的山曲儿小调中，我们再次闯进二狗湾村，这一次不是观望，而是深入它飞扬的岁月尘埃，缄默的旧地新颜。

方圆三公里之内，首先还是那座假山般矗立的昭君坟，但望着乱石中那尊粗糙的画蛇添足的人工水泥雕像，我们已失去了攀登的兴趣。在它脚下，长约两公里、宽达500米的古城遗址已被铲平，据说这是缘于当地文化局一个现场监工领导的强硬命令，给他们的形象工程“十个全覆盖”让路。事后曾遭到一些本土文化人的怒斥：什么样的行政命令可以如此愚蠢、胆大妄为，把文物直接送进历史的烟尘归还古人，这是犯罪。如今这个由柔然、匈奴、北魏、中唐等两千多年历史泥浆灌造的古城，只剩下二狗湾村路边一座新树的恶俗的石碑，石碑上刻着四个呆板的大字：河阴古城。

好在还有一座浮桥，比钢筋铁索混凝土的高架桥更亲近当年的古渡，在越来越窄浅的河面上为我们摆渡通往秦直道的记忆。站在烟霭涤荡余晖散布的浮桥上联想，不知道要是今天王昭君走在上面，修长性感的双腿会不会微微颤抖。

踏着村舍之间的土路，尘埃漫起，难免会慨发人生的虚无感。我毫无来由的问粘在身旁的刘虾，这地方春秋风沙大吗？她停顿了一下，轻声告诉我，库布其的沙尘暴挺恐怖的，不知为什么到了这里会变得很温柔。

是的。表面坚硬、粗粝的二狗湾的确是温柔的，这也是我此来对它的另一个感受。

其实二狗湾并不叫二狗湾，它最初叫二沟湾。原本紧挨黄河还有一条小河，当地人把这第二条小河称为二沟，但随着时间流逝、世事迁变，二沟湾就被叫讹成了二狗湾，总之和一个叫二狗子的什么人无关。正如二沟湾起初居于黄河北岸，历经千年奔流，河床抬高，河道北移，二狗湾也就被泥沙淤到了南岸。

一部村庄史必然也是人的生存史，二狗湾存储或坚守的不仅是古老的遗迹，理应还有无数未知的当下与未来。尤其这样一个拥有交错驳杂历史的村庄，每一次出入其中都是重新发现。历史与现实的默契正在于此，消亡与新生之间享有天然的神秘契约。唯心唯物，明天的二狗湾也将不是今天的二狗湾。

离别之际，狭长的柏油路似乎没有尽头，等待收割的玉米地和葵花林已浑然退隐、化入苍茫天地。凝望或回视，暮色中的二狗湾是那么美，一种旷世的挽留和遗忘之情在胸中涌动。我知道我和它的故事还没有结束，我坚信二狗湾曾经一定有神住过，或许他们仍住在那里，只是我们看不见。

今年春节初三，我和几个诗人朋友探访巴彦淖尔市磴口县境内的狼山，到达时夜幕已临，塞外冬夜寒冷之极。返程途经一个叫乌兰哈少的小村子，我为它写过一首诗。此次三天之内两访二狗湾村，我忽然发觉这首诗也同样适合它。这里仅动了两个词，把它献给二狗湾村和与这篇文字有缘的读者。

浮桥还未收到清晨的信
曙光已经先来了
有炊烟的地方驻扎着
最古老的光阴。鸡叫之前
第一个醒来的人要瞒着村庄
和神签下秘密合同
二狗湾得到的承诺是
库布其以北，方圆十里
小到一棵草，大到一头牛
都优先享有神性。妖魔鬼怪
与陌生人经过这里
必须躲开回家的幽灵

梨花盛开的乡愁

刘阳

师法自然，以艺术之名，我入住古剑山有几年了。重庆二十几位艺术家在綦江永新镇上厂村周家坪社的大山深处修建各自的工作室形成了一个艺术村落，綦江政府将其命名古剑山艺术村。

自我在山上垒山窝窝（工作室）起始，从画图到修建这几年，我和张于就更死打在一起。事前我有精准的预测，我对张于说：要有准备哟，不要因此事，把我俩闹翻了。不出所料，分歧争吵不绝，终因我全盘妥协而不致夫妻翻脸。回头一顾何苦何苦，不全都为在大山中建一个心仪的窝吗，来养气养神养身心。

择山而居是我俩多年的向往。无论山谷山坡，能靠山吃山，靠山居山即可。我们要的就是大山能给我们的一切，于兄无心做山中隐士，我

与古剑山的今生情缘，可谓花之为媒。花即梨花，綦江永新镇石坪村凤凰山每年3月，花开烂漫。

亦无意做位山妻。

这是一座体量很大的山。山阿、山岩、山隈、山啜、山落，一应俱全。自然就有蜿蜒的山路、高挂的瀑布、古老的寺庙、寺院的山主以及村庄和人家。

与古剑山的今生情缘，可谓花之为媒。花即梨花，綦江永新镇石坪村凤凰山每年3月，花开烂漫。因为参加永新梨花节的启动仪式，几年前我第一次走进古剑山。一进去就出不来、没出来、不出来了。

说起来我也可怜，受邀参加梨花节，我竟从未见过梨花。邀请方邀我写幅书法作品，我竟如此难堪。还记得，铺开洁白的宣纸，我无数次这样铺开过，可这次竟那么歉意，那么卑谦，视宣纸的洁白为梨花的洁白，宣纸的至柔为梨花的至柔。提笔的幅度小了，凝神的目光软了，书写的心态柔了，写就的“一夜春风来，万树梨花开”，一改我往昔不可一世的大草风格，追求内敛、静穆与安详，充满对自然的敬意。只能如此，久居城市充霸王，竟不识梨花尊荣！

后来，我的山窝窝门前，特地种了一棵梨。

梨树是乡亲赵老师从他家院子移栽到我门前的。到我的山窝窝，最先看到的就是这棵梨。

赵老师名赵应昌。我叫他赵老师，他便叫我刘老师，叫张于张老师。

赵老师石匠出身，铺院坝和栽竹种树我们请赵老师帮忙。赵老师起先并不特别乐意，愿干不愿干的样子，一两回交道下来，他变得主动起来，只要我们上山，他会及时来问有没什么事要做，对工钱也不计较，还邀上其他乡亲来串门。

我常常泡上一壶茶，分发给他们茶杯，备上茶点招待他们。他们开始拘谨，先要在衣服上擦擦手再接东西，一来二往逐渐就适应了，最后变得像老朋友一样随便起来。没事也来，拉家常摆龙门阵。

身处茂树清郁的高山崇岭，居于幽静清寂的山窝窝，总有时空转换的玄想，仿佛活在古时。

赵应昌一双儿女考上大学，曾成为一方喜讯、一方骄傲。我听他说来着实替他自豪。他笑着答我，赚个名声。现在儿女均已大学毕业，儿子在杭州安居创业有了公司，有了自己的儿子，他老伴就去帮儿子带孙子；女儿刚踏出大学校门，还在寻找就业机会。

赵老师总是低着头微笑，和他的狗崽形影相随。狗崽是只土狗，一身地道的黄皮毛，一只眼睛被其他狗打掉眼球，虽相貌受损已成残狗，但狗崽在赵老师身边，总是神态自若守着主人，丝毫未减狗的尊严。赵老师和我们熟了，狗崽也没把我们当外人，但每次待的时间久点，狗崽会用头去碰赵老师的脚，赵老师会随即说："走嘛走嘛，该回家了。"

去年冬天一天傍晚，赵老师和狗崽一前一后来烤火，赵老师满腹心事的样子，跟我说，过段时间他要到杭州。说狗崽唧个办哟，它又不能坐飞机火车。说他走了怕它挨打受饿。最后说，狗崽在我这里他放心。听他说完我才明白赵老师是在选人，选中了我。可我担不起这个事。过了一阵我说，我不天天待在山上，狗崽照样无家可归。我推荐其他人选，赵老师摇头。赵老师犯愁了。犯愁的赵老师也是微笑着的。

没过几天，狗崽不见了。赵老师说几天没落屋了。张于说，狗崽知道赵老师要走，它先离家出走了。我没多想，不知张于说的是真是假。

过了好几天，狗崽终于回来了。赵老师说，那天大早它站在垭口，一眼就看到了它。我问，它到哪去了。赵老师说，晓得它的哟，只有它晓得。猜不出狗崽的心事，它又一如既往跟着赵老师出出进进。

后来，赵老师儿子专程开车回来，把赵老师和狗崽一起接去了杭州过年。

修好了山窝窝，我和张于像被一种魔力牵引，隔三差五就往山上跑。尤其是张于，哪怕就上去住一晚，一有时间他也会一个人钻进山。他常说，吹吹山风，望望山月，数数星星，听听蛙鸣，睡上一晚安稳觉，一切一切的辛苦都值了。

也真是，我俩自诩骨子里的艺术分子，一直钟情艺术地生活诗意地生活，大山能放逐天性，山水能滋养性情。我俩常因城市里的那些事发生口舌之战甚至灵魂之战，没有孰输孰赢只有两败俱伤。自打修了山窝窝，我俩一进山，就像变了个人，单纯、透明、本真，增进了彼此内心交流，生活简单而自足。

身处茂树清郁的高山崇岭，居于幽静清寂的山窝窝，总有时空转换的玄想，仿佛活在古时。绿树村边合，青山郭外斜；云来山更佳，云去山如画；江流天地外，山色有无中；山气日夕佳，飞鸟相与还；山光悦鸟性，潭影空人心……这一股脑所有的诗词佳句好像成了我们的写照。人与自然相得之乐，身心闲适恬静，对话也敛情约性，得宜有致，这样的日子一久，我俩彼此也变得和蔼宽厚，变得欢愉可亲。

一次张于吟道，现在是远上寒山石径斜，白云生处是我家。我也唱和，在我俩山重水复疑无路的人生途中，是不是正逢柳暗花明又一春呢。

赵老师走后，乡亲任正平接替了赵老师，我称他任师傅。

一天张于要移栽竹子，请来任师傅。任师傅说移一棵十五元，那次我总共付他两百元工钱。任师傅穿戴没赵老师整齐，但比赵老师爱寻乐子。比如他一次边干活边问我，刘老师，你打不打张老师？我说你看呢。任师傅说，我看你吵还是吵得住张老师。他和几个来干活的乡亲一起笑，任师傅笑起来大声哈哈的，眼睛也会跟着嘴巴一起笑。

任师傅有一个儿子，儿子儿媳在外打工，一对孙子孙女丢在家里，由爷爷婆婆看管。平日里，任师傅到我们家干活，孙子孙女就会跟来，其实更多的时候是他们自己玩耍，互为玩伴。

这对姐弟形影不离，姐姐总是带着弟弟。姐姐五岁多，弟弟三岁，走路一前一后，说话姐姐一句，弟弟跟一句。

任师傅很随和，常给我们送菜来。我也常给他孙子孙女送些衣物买

就在一瞬，在梨花盛开时，在我观赏的刹那，心开始动，思绪开始动，久埋心中的一颗种子，与梨花一起生根发芽抽枝开花。

些糖果。

后来任师傅告诉我们，这个孙女与他没有血缘关系，是儿子打工时的女朋友和她的前男友的孩子。后来女朋友与儿子分手不辞而别，却把女儿留给了他们，直到现在，孙女的生母仍杳无音讯。而孙子是他的亲孙子，是儿子和现在的媳妇所生。

这个孙女很懂事，曾跟我说：阿姨，我是爷爷带大的，我的妈妈不要我了。每次我给姐弟俩吃糖果，孙女总要先给爷爷吃，孙子也学着给爷爷吃。孙女对任师傅说，爷爷先吃，不然我和弟弟不吃。孙女也曾对我说：阿姨，长大了，我要买大房子，在北京买好大好大的房子，给爷爷住。

对这对山乡的小姐弟，留守在爷爷婆婆身边的姐弟，我倍生怜惜。张于常把小姐弟请来做客，他想给他们关爱，给他们快乐。

日子长了，和乡亲们就愈加熟悉。山中的生活，乡亲成为我们的依靠。上山之前，我们会先打电话告知一声，请他们帮忙准备什么蔬菜，帮忙买多少土鸡蛋等等。

有时艺术家们也与乡亲们开展艺术活动，比如辅导他们农民版画创作。一个叫赵长林的老乡，他完成的一幅干农活的版画，被一个游客以300元买走。他说，吔，一上午的功夫，比我干多少天的活还值钱。

我修山窝窝所占的田土，原来就是赵长林的粮田。

一次赵长林和几个乡亲聚集在我院坝，他们向我打听有关农村土地的相关政策。我听得出，艺术村的修建，占了他们的土地，对于后续安置，他们心有疑虑。张于宽慰他们，放心放心，政府会安置好你们的。

我寻思，找个机会我也收藏一幅赵长林的农民版画，让我的山窝窝记住他。

山有土石而高，古剑山尤由石构而成高峻，而生万物。

山乡的水土气候阳光雾霭风雷雨电，使这里的景象高古、从容——大山为屏，清流为带，天地为庐，草木为衣。

与山月为伴林木为友，清新澄净的山水生活使我们远离城市红尘，情寄静水心托明月。一派天地澄明。

入住古剑山的几个春天次第往复。春风吹去吹来。

今年春天，门前的梨树在一夜春风里花开满枝，我便以独赏替代了以往去凤凰山漫山遍野的观赏。

抖落冬季的寒峭，衬以绿叶的素淡，梨花白如凝脂，冰清玉洁，朵朵独放枝头，说妩媚也妩媚，称刚毅也刚毅，梨花蕴含的人间美好情愫，我不敢轻易去赞美。

就在一瞬，在梨花盛开时，在我观赏的刹那，心开始动，思绪开始动，久埋心中的一颗种子，与梨花一起生根发芽抽枝开花。这颗种子是乡愁，在我心中复活，并开放。

这个春天的一天，赵老师一大早兴高采烈来到我的院坝，他一会儿坐下，一会儿站起，最后头一抬开口说，我昨天去签了，按了指印，我家能得到安置款三十多万。张于说，赵老师，这下你高兴了。赵老师忙点头，说高兴高兴，以后我就长期在杭州生活了。我问在杭州生活狗崽习不习惯，赵老师说，习惯习惯。

任师傅一家准备在綦江县城买套房子，儿子照常打工，孙女孙儿该上学上学该入托入托。

我恍然一愁，乡亲们是要陆续迁移，远离故土。我该为他们高兴，可又高兴不起来。我愁起来！

这愁，是乡愁。

乡愁是一颗种子，每个人心里的一颗种子。

乡亲们陆续走了，远离魂牵梦绕的家乡，他们走得出乡愁吗？

而我，心中隐隐律动的乡愁，梨花盛开的乡愁，愈发氤氲，愈发深浓，我的身体发肤，我的精气血骨，能走得进乡愁吗？

“忘不了故乡，
年年梨花放，
染满了山岗，我的小村庄，
妈妈坐在梨树下，
纺车呜呜响，
我爬上，梨树枝，
闻那梨花香。
摇摇洁白的树枝，
花雨满天飞扬，
落在妈妈头上，
飘在纺车上。
给我幸福的故乡，
永生难忘，
永生永世也难忘……”

以往听这首歌也就是听听而已，现在听这首歌怎么就像为我而写为乡亲们而歌。

“重返那故乡，
梨花又开放，
找到了我的梦，我一腔衷肠。
小村一切，都一样，
树下空荡荡，
开满梨花的树下，

纺车不再响。
摇摇洁白的树枝，
花雨满天飞扬，
两行滚滚泪水，
流在树下。
给我血肉的故乡，
永生难忘，
永生永世也难忘……”

乡愁的泪水，清凉而温暖的泪水，在歌声里流淌……

山水课堂

叶舟

站在南山的坡顶上，三益村和临近的两个庄子便横陈眼前，一览无余。

事实上，这里山川形胜犹如一只饱满的豆荚，这些庄子匍匐在沟底，历经岁月，代代不息。出山的路只有一条，横贯东西，将这些庄子勾连起来，形成了微小的盆地。恰值夏日，盆地四面绿意盎然，玉米和果木排兵布阵，声势浩大，仿佛一支绿色的集团军。风从沟口吹来，有一丝历史的凉意，拂起了沙尘，不知今夕何夕。

几只鹞子在头顶翻滚，一边打架，一边追逐着野鸽子。

其实，在过往的日子里，有太多的野鸽子从这里飞掠而去，再也没了消息。这些野鸽子不是别的，是一些脚户哥、茶叶商、筏客子、羊

风从沟口吹来，有一丝历史的凉意，拂起了沙尘，不知今夕何夕。

皮贩子、马车夫和盐商什么的。他们从云南和四川一带上来，取道三益村，经过短暂的驻留，便翻山越岭，渡过洮河，去兰州或青海方向兜售砖茶、蜀锦和青盐了。同样的道理，从兰州和青海下来的生意人们，在三益村聚集，打探消息，囤积货物，躲开罡风和酷寒，趁着晴好时节，一路杀向内地，贩卖西部特有的羔皮、玉石和调料去了。

在这条茶马互市的小路上，三益村成了一座名副其实的驿站，垒起七星灶，铜壶煮三江，来的都是客，全凭嘴一张。那时的繁华和喧闹，如今还在老一辈人的口中舌灿莲花，逗留不去，形成了一个个不同的版本。只不过传奇不再，他们现在的缅怀方式就是天天蹴在南墙下，一边晒着老阳儿，一边抚摸历史的生平，同时欣赏着一个致富能人快马加鞭，复兴旧梦。

盆地的底部散落着几百户人家，土坯房和瓦房错杂着，院落与牲口圈前后依偎，你中有我，我中有你，鸡犬之声相闻，每个家里那本难念的经大体一致，没什么两样。在三益村，农民的土地大多挂在两侧的山坡上，先前夏天靠雨，冬天凭雪，一切都归老天爷说了算。那些年，年轻的后生们都去兰州打工了，庄子里只剩下了老人、妇女和娃娃们，于是地里的作物更加萧瑟，也更加稀疏了。——三益村坐落在临洮县城以北的广大山区，隶左宗棠所说的"苦瘠甲于天下"的甘肃省定西市，贫苦与荒蛮是这里辞却不了的标签。

在北面山的一侧，依稀可以瞭见一座烽燧，还有另一座烽燧。它们相互照应，经年兀立，呈掎角之势。据说烽燧是明朝年间所建，渣土夯筑的，如今雨打风吹去，只剩下了颓圮的残迹，成了乌鸦和喜鹊们表演的舞台。站在坡顶上，可以听见一首古诗词乘云驾雾，从烽燧之后，从山脊的另一侧，从旷野般的天空深处轰鸣而来。诗曰：

北斗七星高，
哥舒夜带刀。

至今窥牧马，
不敢过临洮。

我身边的这个临洮汉子揪下一根青草，噙在了嘴角上，笑意盎然。他像伟人似的叉起了腰，目光望远，检阅着波浪般起伏的山峦，巡视着这一片胞衣之地。他叫龚志荣。

“喏，这就是我的坛场，我的命。”他说。

龚志荣双腮酡红，让人误以为他经常醉酒，其实那是高原紫外线留下的印记，也是山里人特有的标识。龚志荣的身上有冷热两面，见了生人，他往往躲在一隅，一语不发，可一旦相熟后，他又像一只烈焰高涨的炉子，围着你掏心掏肺，又是吟诗，又是痛诉，恨不得把这半辈子的苦楚与光荣都晾晒在你眼前。

龚志荣是地道的三益村人，生于1972年，属鼠。龚志荣的父亲师范毕业，原是一名代课老师，长年吃住在山外的学校里，鲜少回家，据说在几十年的教师生涯中，从未拿过公家的一分钱报酬。母亲务农，不仅侍弄着家里的十几亩薄地，还要照顾龚志荣兄妹四人。龚志荣行三，及长，考入了山外太石镇的临洮三中，但在初二那一年的暑假，龚志荣却自断前程，突然放弃了学业。

没别的原因，就是一个字：穷。

至今，龚志荣还记得母亲的那一种吝啬劲儿。那时，家里养了几只母鸡，母亲对鸡蛋严防死守，看护得紧，一般不许娃娃们觊觎。小小的鸡蛋，可以换来一些零钞，也是几个孩子的学费。那一年的夏天气候异常，母鸡很少下蛋，放假回家的龚志荣看见母亲成天唉声叹气的，为下一学期的学费愁白了头发。龚志荣看在眼里，急在心中，后来一发狠，带着简单的铺盖卷，去了省城兰州。

这一年，龚志荣只有14岁。

到了兰州，一下长途班车，龚志荣就天旋地转，摸不着北了。林立的高楼，稠密的人群，井然的秩序，一切都不是当初想象的那样。都市的生活并不是那么美好，生存的压力像一块生铁，压在了这个少年人的肩上。那一阵儿，龚志荣背着铺盖卷，睁大了眼睛，在兰州城里转来转去，寻找着机会。终于，在永昌路北段的一家菜市场，龚志荣找见了一个落脚点，开始拿起扫把，当了一名清洁工。

那三年间，龚志荣白天在菜市场里搞卫生，晚上就睡在马路边上，夏天还可以忍耐，一入冬，手脚上长满了冻疮。好在还年轻，身上有火，一切都可以将就过去，也没有埋怨和牢骚。龚志荣的作息和整个市场的节奏是颠倒的，天亮前结束了工作，一整个白天里，龚志荣就在各个摊位前转悠，一边帮忙，一边耳听八方，从摊主们的嘴里知道了各类蔬菜的差价、产地、节气和行情。龚志荣是个有心人，将这些芜杂泛滥的信息顽固地拷贝在了脑子里，等待着机会降临。

在省城兰州，菜市场一般都是销售的末端，而蔬菜的批发地点却在郊外的张苏滩，距永昌路亦有十几里路。偶然的机会，一个卖菜的老大爷见龚志荣过得可怜，白天无所事事，游魂儿一样，便喊他去帮忙。活儿挺简单的，就是帮着推三轮车，两点一线，将批发来的大宗蔬菜运进市场里，而后给龚志荣块儿八毛的零花钱。那一段日子，龚志荣奔波在黄河岸边，身上流大汗，心里却渐渐的沉静了下来，有了另外的想头。

在帮忙之余，龚志荣也会捎带脚，用自己的零钱批发一些葱蒜、芫荽什么的，带进菜市场里叫卖，每天能挣个几毛钱。这样客串了几年后，龚志荣终于不再满足于当配角，不愿寄人篱下了。他用积攒下来的钱买了一辆三轮车，开始跑单帮，自己搞起了蔬菜生意。凭着他的机灵劲儿，这个生意越做越大，越做越红火，由当初的单枪匹马，渐渐发展到了十几个人，运输工具也历经了三轮车时代、摩托车时代和如今的汽车时代。

1996年，龚志荣终于自立门户，成立了自己的蔬菜配送中心，客户

他后来再一次整合了资源，成立了规模更为庞大的甘肃省陇老大蔬菜配送中心，实现了公司化、集团化的运作。

不仅包括了一些小餐馆，还延伸到了诸如兰医二院、西北民族大学、胜利饭店和凯撒龙酒店这样的大单位，一时间风生水起，热闹非凡。龚志荣又是个家乡观念颇为严重的人，也懂得感恩。他时常念叨说，当初我就是被一些好心人接纳，才有了现在的好饭碗、好日子，我知道怎样去报答这一份情义。

那些年，龚志荣陆续从三益村带上来了十几个人，安排在自己的蔬菜配送中心上班。他一方面当老板，另一方面做带头大哥，还给到了年龄的四个小伙子娶上了媳妇，给七八个雇员的家里盖了一砖到顶的新瓦房，解决了他们的后顾之忧。龚志荣还有一个“毛病”，但凡在街头上碰见一些流浪的残疾人，一些失家的乞丐时，他都会带进自己家里，让他们有吃有喝，凭自己的力气，在蔬菜配送中心拿一份薪水。早年间，龚志荣在拉菜的途中碰见一个7岁的孤儿，他毫不犹豫地领回了家，当侄子一样看待，将他抚养长大。孰料，这孩子后来竟偷了龚志荣的几万块钱扬长而去，一走就没了消息。这可急死了龚志荣，吓得他六神无主了很长时间。或许，这孩子在异地不顺心，要么就是心智成熟了，终于给龚志荣说了对不起。时隔许久了，龚志荣仍然保存着他们之间的短信。孩子说：

“姑父，我是尕蛋，这么长时间了想给你打个电话可我不敢打，姑父你还好吧。唉，总之你就骂我也好，怎么都行。我真的对不起你，多少年了你们抚养我成人，可我却做了畜生也做不出来的事。我对不起你，我没脸给你打电话，你对我的恩情我记在心里，以后我会报答你们的。我不请求你原谅我，只求你不要生气，因为我不值得，我一次次让你寒心失望了，真的对不起。天气凉了，请你注意身体。”

龚志荣这样回复：“尕蛋，我从来没有怪罪你。也许经历了一次一次的痛楚，你才能变得稳重而成熟吧。我希望你能把学到的，发挥到咱们的团队来。也许在这个世界上，我是最深爱你的其中一个人。”

就是这一条短信，让这个孩子迷途知返，重新归顺在了龚志荣的麾下。而今，他已经是一家门店的店长了，独当一面，余勇可贾。

随着事业的扩大，员工的激增，龚志荣不再满足于小打小闹了，他后来再一次整合了资源，成立了规模更为庞大的甘肃省陇老大蔬菜配送中心，实现了公司化、集团化的运作。就在蔬菜配送中心的生意如日中天之际，龚志荣却有了另外的心思。

平素里，龚志荣常开玩笑说，如果将来死了，大夫们把我一解剖，一定会大吃一惊，发现我身上都是兰州牛肉面的基因。这话带着一份苦涩，也有一种无奈，却是十几年来龚志荣生活现状的一种写真。在贩运蔬菜的日子里，龚志荣每天只吃一顿，两碗牛肉面，外加一个锅盔，汤汤水水的，能坚持一整天。龚志荣虽然吃得极单调，但他的眼睛和心思却没闲着。因为配送蔬菜，出入于各种餐厅和饭馆，他心惊肉跳地发现，自己捣腾进去的蔬菜，被掌勺的大师傅们随手一掂，利润便翻了好几倍，比自己挣可怜巴巴的几分钱强多了。这个念头像一道闪电，令龚志荣一拍大腿，茅塞顿开。

于是，自那以后，在省城兰州及地县一带，一家名为“金城第一炒”的饮食连锁企业如雨后春笋，迅速出现在了大街小巷。它取道中低端，专卖酱牛肉和炒面片，属于典型的快餐性质。因为味道可口，价钱适中，迅速赢得了市民的认可。——短短的两年时间，龚志荣惊愕地发现，自己的户头上竟然趴着上千万的现金，这是他做梦都没想到的。

阔了，发了，终于出息了。这时的龚志荣有点儿发烧，也有点儿迷惘。

从进入兰州、睡马路、扫菜市场的第一天开始，龚志荣就有写日记的习惯。龚志荣说，那时候他从来没有尝到过睡到凌晨三点以后的滋味，常常是醒得太早了，等待出发的那一段时间里，他就趴在灯下，将自己的心情和未来的打算写下来，没什么目的，就是孤单，没人跟自己说长论短，只有自言自语了。不光记日记，龚志荣还凭借着自己仅有的初二年级的文化底子，去啃《易经》，去读《曾国藩全集》，连毛泽东的《矛盾论》也能脱口而出。龚志荣有两句口头禅，要么是天若有情天亦老，人间正道是沧桑；要么是雄关漫道真如铁，而今迈步从头越。

龚志荣的日记有诙谐，有幽默，有心酸，也有自嘲，错别字满篇，各种难以破解的涂鸦层出不穷，像极了他当时的处境与心情。这些日记的题材广泛，既有《只要中国人团结，100个美国也没办法》之类忧国忧民、心怀天下的片段，也有对汶川大地震、北京奥运会、萨科齐和默克尔的抒情式看法，更有大量的谈孝道、忠诚、友谊和亲情的零碎文字。龚志荣的另一个喜好是给自己的日记打分，出现在日记本上的分数几乎都是100，或者是A^{+}和A^{++}，他极少给自己扣分，哪怕是区区 1 分。

或许是生意场上练就的口才，也或许是天性如此吧，无论在生活当中，还是在日记本里，龚志荣都有一种憨厚的幽默感。在他的日记本中，有无数自拟的励志格言，也有风趣十足的生活细节，比如“如果我是不孝子的话，就让我辈辈喝尿，代代吃屎”，比如“礼貌不用花钱，却能赢得一切”，比如“朋友是人生的第二道门”，又比如“天上若无难路走，世间哪个不成仙”等等。龚志荣早年间的一篇日记这样记载：“今天早上，我从凌晨两点起床，伴随着无比瞌睡的寂寞感和刺刺啦啦的摩托车声，沿着黄河风情线扬长而去，……零下十几度的气温，足以让我的大葱和蒜苗变成白雪公主，但庄严的人民警察见我可怜，一次次地让我逃离现场，不追究违规的罪行……”

除了记日记，龚志荣还经常喜欢写几句歪诗，来打发工余的时光。在他1995年的日记中，龚志荣试图用打油诗的形式给自己写一部自传。这篇未完成的自传如此开始：“公元一九九五年，独自坐在床中间；心情无故思万千，于是心中起波澜；把我青春记下来，赠给朋友来展览；本人自传是事实，毫无半点虚假言；公元一九七二年，正是在下出生年……”20年来，龚志荣积攒下的各式笔记本足足有一箱子。用他的话说，除了趴在户头上的那一笔巨款外，能证明自己努力过奋斗过的就只有这些日记了。不幸的是，因为一个偶然的原因，这一箱日记本大多数都遗失了，直到现在，这仍然是龚志荣心中最深的痛。

龚志荣经常对周围的伙伴们讲，人一辈子有两样东西是别人拿不走的，一个是知识，另一个是信誉。恰是有了生意场上的历练，有了私下里的阅读和书写，龚志荣的眼界打开了，理解力和口才也如虎添翼。2015年3月27日，中共中央政治局委员、国务院副总理汪洋前来甘肃省临洮县考察扶贫项目时，专程来到了三益村，站在龚志荣的这一片“坛场”前，听完了他的介绍，汪洋副总理问：

“小龚，你上的什么大学呀？”

龚志荣如实汇报说：“初二！”

汪洋副总理夸赞说：“好呀，真正的人才在民间。”

然而，有谁能想到，龚志荣所谓的这一片以家乡三益村为主的“坛场”，仅仅是三年前才开始开山斥土，重整河山的呢。龚志荣犹记得那时的情景，户头上趴着的上千万现金让他有一些恍惚，同时也有了底气，总觉得有一个更大的舞台在等着自己一试身手。果然，这个机会来了。

2012年的清明时节，龚志荣回到了老家，带着纸火祭品爬到了山上，去给先人们上坟。事毕，龚志荣站在山腰上，被眼前的荒凉和残酷吓了一跳。少小离家老大回，在外打拼了27年之后，原先记忆中的蓊郁田园与牧歌式的农家生活，如今却凋敝不堪，显得那么死寂和萧索。大片的土地撂荒着，枯草肆虐，山鸦遍地。村里的青壮年都外出务工了，老人和妇女们厮守着热炕和洋芋，艰辛度日。龚志荣心里明白，这个天远地偏的山村干旱少雨，农业生产效益一直低下，虽说前些年就被列入了临洮县的144个扶贫开发重点村之一，却始终是雷声大，雨点小，不见丝毫的起色。那一刻，三益村的现状仿佛一个巨大的问号，横在了龚志荣的眼前，让他这个大山的儿子必须作答，必须应对。

龚志荣是个痛快人。他的回答也只有一个字：干！

下山后，龚志荣将父母、兄妹和妻子召集在一起，开了一个家庭会议。他刚宣布完自己打算回乡创业的决定后，意料中的反对声铺天盖地而来，他成了少数派，只有自己这一票。然而家里人也明白，龚志荣就是一头倔驴，一旦决定了的事儿，八匹马也拉不回来。这一年的秋上，龚志荣将兰州的产业都留给了那些曾给自己添砖加瓦过的尕兄弟们，单枪匹马杀进了临洮，杀进了三益村这一片未来的“坛场”。

“坛场”是临洮的土话，意即你的宿命之地，你施展拳脚的疆域，你的天下，你的世界。

不能不说，在甘肃省像龚志荣这样的扶贫能手和致富能人遇上了一个好时代，一个天翻地覆的大时代。2013年初，习近平总书记在视察甘肃时指出：“贫困地区党委政府要把主要精力放在扶贫开发上。”据此，甘肃省委省政府做出了部署，在全省开展“1236”扶贫攻坚行动，即紧扣贫困人口持续增加收入这一核心，做到不愁吃不愁穿两不愁，落实义务教育、基本医疗和住房三个保障，在基础设施建设、富民产业发展等六个方面取得重大突破。此后，甘肃省委省政府持续发力，又打出了精准扶贫、“滴灌”到户的组合拳，改变了以前大水漫灌、成效低下的现况，一场扶贫攻坚的大决战由此拉开了序幕。

所谓精准，就是集中有限的资源，定向“喷灌”，定点“滴灌”，定期脱贫。它体现在六个方面，即对扶贫开发的重要环节都明确了具体目标、着力重点、措施办法、责任主体、完成时限和考评办法，形成环环相扣、紧密衔接的工作链条，力求最大限度地挖掘好、运用好各方面的资源和力量，以如期实现这一战略目标。——论及“滴灌”，没有人比龚志荣更熟悉自己的家乡三益村，这一片生他养他的土地了。

在回乡发展创业之前，龚志荣特地去装裱了一页纸。这张纸是他从一份旧画报上剪下来的，红底金字，带有60年代的特有气息。栗色的镜框中，印有毛泽东的一句话：农村是一个广阔天地，在那里是可以大有作为的。龚志荣带着这个镜框，带着自己户头上的全部现金，一头扎进了临洮山区的三益村，像一条鲸归入了浩瀚的海洋。

龚志荣的突然返乡，立志创业，让村里的父老乡亲们狐疑满腹，百思不得其解。这时，风言风语也出来了，有的说他的脑袋被驴给踢了，也有的说，他这样大动干戈，就是在破坏庄子里的好风水。龚志荣迎头碰壁，吃了一个下马威，却也无可奈何，苦笑了一番。为了取得乡亲们的信任，龚志荣拿出八万元，包了一辆大巴，邀请他们去了陕西。

这一趟浪漫观光之旅，同时也是取经学习之行，至今仍鲜活地保留在三益村乡亲们的脑海中。他们中的有些人以前从未走出过这片山坳，有的人顶多去过附近的太石镇或临洮县城，如今外面的世界逼真地呈现在了眼前，天水一带的富庶、杨凌的现代农业科技、西安大都市的繁华、夜游古城墙时的梦幻和激动，突然像一面镜子，照出了他们的不足、落后和狭隘。回程的路上，乡亲们缄默无声，但所有的目光都眼巴巴地盯着龚志荣，充满了吁请和信任，好像他是一只头羊，必须带领大家走出生活的困顿和迷茫。

地处大山深处，从祖祖辈辈开始，乡亲们就靠天吃水，夏天窖存雨水，冬天背净周围山上的雪，以待来年。干旱时节，乡亲们一般要跑上几十里路，才能挑来一桶泥沙俱下的水，苦涩不堪。刚回不久，龚志荣并没急着大搞开发，而是花了几十万元，打了十几口井，先解决了乡亲们的吃水问题。

这种实实在在的扶贫举措，让乡亲们有了获得感，也让龚志荣收获了初步的信赖与威望。这个时候，龚志荣明白，全面推动三益村改变现状的时刻终于到了。

他首先做了“精准诊脉”，分析出三益村撂荒地多，经营分散、靠天吃饭、销售渠道不畅等等的贫困症结所在。龚志荣觉得，在这样的贫困山区，要改变现状，就得把靠山吃山做到极致化，而这一切的前提就是种树绿化。为此，龚志荣积极组织100多户村民成立了农民合作社，将村民们闲置的土地征收到了一起，确立了流转土地、连片开发的构想，并聘用村民在合作社里打工挣钱。

那一段时间，合作社完成土地流转1.32万亩，完成土地综合整治5 000多亩，一次性支付村民三年的土地流转租金82.5万元，并种植了核桃、红富士、大枣、云杉等经济作物。龚志荣还拿出一笔专款，整修拓宽了环山道路28公里、砂化道路8公里，使三益村离最近的镇子距离缩短为2.9公里，极大地方便了本村及周边各村近万名群众的出行问题。在南山种养基地，龚志荣业已发展核桃1 000亩、苹果400亩、早酥梨500亩、大枣300亩、景观绿化苗木490亩。正在建设中的“五小水利”工程，将在项目区衬砌主渠5.5公里、支渠8公里，建成后，将能满足当地基本的生产生活用水。为了这些蓝图的顺利实施，龚志荣耗光了自己1 900多万元的血汗钱，又贷款了相同数目的一笔巨款，注册成立了农业综合开发公司。因为龚志荣带来的实惠，也因为他身体力行的扶贫措施，三益村的乡亲们将他推向了村主任的位置，他也由此找见了一个更大的平台。

正人先正己，龚志荣在高票当选村主任的第二天，就毅然决然地取消了哥哥的低保，将每年三千多元的补助款让给了更困难的村民。他还拿自己开刀，将全年八千多元的工资全部捐献出来，发放给了贫困户。的确，龚志荣所做的一切，仿佛一只只喷头，将雨露精准地洒在了贫困户的心中，呼唤他们醒来，踏上致富的道路。

近几年，因为龚志荣的带动，这一片项目园区吸收了120多个村民常年务工，月收入平均在2 000元以上。仅2013年一年，本村农民的总收入就达到了100万元，这是村民们以前做梦也不敢想的。

此刻，站在南山的坡顶上，风从沟口吹过，将一丝历史的凉意和沙尘早已吹远，也翻开了三益村新的一页。目光远眺，一条条环山路蜿蜒曲折，一亩亩树苗蔚然成林，一块块梯田鳞次栉比，昔日无人问津的荒山秃岭，如今已经绿意无限，饱含着夏日的激情，一路驶向金黄的秋天。我身边的龚志荣慨然道：

“喏，这就是我的坛场，我的命。”

按照龚志荣的想法，并经兰州大学教授陈怀录的科学分析和论证，未来的这一片“坛场”，将以三益村及南北两山为依托，秉承发展生态农业、低碳农业和循环农业的理念，整体规划设计出了一座生态农业示范园。

示范园以“一中心、四片区”为基本构架，分别建设集入口广场、休闲疗养基地、宾馆、养老院、市场、各类商业设施等为一体的园区服务中心；以各类时令蔬菜、瓜果为主的露天种植区；以塑料大棚种植花卉、蔬菜为主的设施农业区。——未来的日子，它将依托绿地，形成畜禽野生放养、野生动物园和天然狩猎为主的野生养殖区；依托山体植被恢复开发，形成攀岩、山地越野车赛道、户外探险为主的有氧活动区，进而最终打造出一座集休闲度假、生态疗养、观光旅游、田园体验、畜禽养殖、露天种植、养老养生、体育竞技等多功能为一体的综合性生态农业示范基地，让它成为省城兰州的一座“美丽后花园”。

碧云天下，龚志荣伟人似的叉着腰，笑说：“坛场另有一个意思，那就是我的归宿。将来把我埋在这里，大不了二十年后再发芽，又是一条好汉，咱接着干。”

油菜花海里的村庄

刘益善

这片土地位于江汉平原西北部，本属小丘陵地貌，经过农业学大寨年代的土地平整、农田改造之后，现在已基本是一片平原了。

早春时节，这片土地是一片墨绿色的海，70 万亩油菜挤挤挨挨茁壮挺拔，散发出清新浓郁的甜甘之气，使得这里有感觉的生命无不感到心旷神怡，浑身舒畅，连动物们发出的叫声都欢快动听。

3 月刚过几天，有人在傍晚时偶然看到一块地里的几棵油菜株上的花苞张开了，甚至看到针尖样的黄。睡过一夜，早起睁开眼瞭望田野，哇，满田满畈的油菜花全部绽开了，开得轰轰烈烈，开得敞胸露怀，开得毫无保留，开得尽情尽意，开得丰盈开得大方开得亮丽开得妖娆。70 万亩的一片啊，当太阳出来了，蓝天白云之下，云蒸霞蔚，我们只能用一望无涯的金色大海来形容了。

荆门油菜花旅游节开始了。

满田满畈的油菜花全部绽开了，开得轰轰烈烈，开得敞胸露怀，开得毫无保留，开得尽情尽意，开得丰盈开得大方开得亮丽开得妖娆。

我到的村子，是湖北省荆门市沙洋县曾集镇张池村，这个村有12个村民小组，501户，2 017人，分布在10.02平方公里面积的约两百个自然村落里。怎么有这么多的村落？张池村的党支部书记兼村主任王中彦见我有些疑惑，解释说，这两百个自然村落有的只有一户两户或三户人家，最大的也只有十来户，独家湾两家畈三家村的不少，散居而不喜聚居，也可能是这里农民多年形成的习惯。这两百个自然村落，在三月的油菜花海里，就像两百个漂浮的岛屿、停泊的帆船。

我考证了一下历史，沙洋这地方还真有些来历。公元前12世纪，商朝分封武丁后裔于汉西建权国，春秋时期楚武王灭权国，设权县，是中国历史上最早的县。唐贞观八年（634年），鄂国公尉迟恭在此地建沙洋堡，明洪武九年（1374年）改权县为沙洋巡检司。1928年民国时沙洋建市，与汉口、沙市、宜昌、樊城、老河口、新堤、武穴同为湖北八大重镇。1949年后，沙洋撤市为镇，后又改区，1998年12月才重新设县。可以说，沙洋是中国最古老的县，也是中国最年轻的县，这样老资格的地方，其历史文化的底蕴自不必说。人文方面，沙洋有战国四君子之一的春申君黄歇，其墓冢在后港镇的黄歇村，冢高12米，直径80米，周长200米。黄歇生于沙洋长湖之滨，黄歇墓为湖北省重点文物保护单位。沙洋五里镇207国道友联村，南宋爱国名将鄂王岳飞曾在此驻扎8年，后人在此修造了岳武穆庙，其城堡被称为岳飞城。岳飞城风景区面积有7平方公里，为全国重点文物保护单位。沙洋还有始建于隋开元年间的红梅寺，坐落在纪山镇的纪山之巅，后曾更名长眉寺、白雀寺，尉迟恭驻此地时，更名为纪山寺。纪山寺后经战火或遭受灾祸，多次重建，现存寺庙为清光绪七年（1881年）所建，占地125亩，建筑面积1 500平方米。寺内有明永乐十年（1412年）时的大钟，距今有六百多年历史，其他文物还有不少。纪山寺现为湖北省重点文物保护单位。沙洋在“文化大革命”期间，曾是公安部、最高人民检察院、最高人民法院、全国人大，还有北京外国语大学等单位的“五七干校”所在地，几万人在这里劳动改造数年，留下了文化与文明的种子。

张池村在沙洋县城的西面，从县城到张池不到半小时车程。悠久厚重的历史文化的滋养，“五七干校”时期几万名干部与知识分子留下的影响，这里的人民勤劳守德，纯朴厚道。张池村有土地万余亩，人平均土地达 5 亩左右，村民们世世代代以耕种为主，汗流在田地里，收获的水稻远近闻名。荆门市号称中国农谷，沙洋的水稻和油菜是扛了大旗的。张池村村民遵循的是耕读传家，村民日子再苦，也要尽力供孩子读书。村里走出的大学生很多，有在人民大学当教授的，有在美国名校搞科研的。村支书王中彦只有一个女儿，问他女儿在干什么，他答已大学毕业，在邻近一个县的人民医院工作。

这么好的土地，这么好的人民，但在改革开放之前农民的日子却过得十分艰难。王中彦回忆，那时村民的房子住得破破烂烂，一家人住着从一个门进出的筒子屋，生产队的粮食都交了公粮，村民们半饥半饱。这里的土地适合种油菜，这里种油菜有几千年的历史，但那时以粮为纲，每个生产队只能种一点供给村民食用油的油菜，超过的部分宁可用犁翻掉。王中彦记得很清楚，有一年他们家五口人只分了一斤二两菜油，现在村民家家户户用水缸盛菜油。那时国家要粮食啊，农民们一年种两季水稻，人累得要死，收入还低。

张池村以至沙洋大种油菜从什么时候开始？王中彦说是从改革开放后，农民分到土地后可以自由耕种时开始。这中间要感谢华中农业大学，以及华中农业大学教授、中国工程院院士傅廷栋先生。傅廷栋先生毕生研究油菜，所培育出的“双低”，即芥酸低、硫甙低的华杂系列油菜，曾获过国际油菜科学界最高奖和首届湖北省科学技术突出贡献奖。华中农业大学和傅廷栋教授到荆门到沙洋到张池，推广良种油菜的种植和技术，在张池村建了油菜研究基地和研究生实验楼。可以这么说，他们对于荆门、沙洋、张池的油菜大面积种植起了倡导推进的作用，他们是油菜花海蓝图的绘制设计者，他们得到了当地各级政府的支持与帮助，得到了农民的信任，所以他们的贡献是不可忘记的。

是谁最先提出举办油菜花节的？我问王中彦。他一点也没思索，脱口而出说：曾云！在我与沙洋县文化局、文联、作协的朋友一起吃饭时，同样问他们这个问题，他们也答：曾云。看来曾云是荆门油菜花旅游节最早的倡导者无疑了。曾云何许人也？曾云是沙洋本地人，而且是曾集镇曾集村人，与张池村紧邻，不仅出生在乡村，而且长期在农村工作。他当过乡镇领导，后来担任沙洋县分管农业的县委副书记。沙洋大面积的油菜种植，油菜花轰轰烈烈的场面，多么壮观多么艳丽多么震撼人心！这么好的景色，让更多的人来观看，让更多的人来领略油菜花的壮美，享受油菜花的艳丽，不如办个油菜花节，既能扩大沙洋的知名度，还能拉动乡村旅游经济的发展。

曾云提出举办油菜花节，立即得到沙洋县委和县政府的支持，此外，荆门市政府也支持，湖北省旅游局也支持。经过紧锣密鼓的准备，于是在 2008 年 3 月，首届中国荆门油菜花旅游节以沙洋为中心正式开始了，到 2016 年共举办了九届。

九年九届油菜花旅游节，主会场都设在张池村，王中彦刚好是 2008 年首届油菜花节开始时接任张池村党支部书记和村民委员会主任的。也就是说，他是九届油菜花节的参与者和中心会场所在地的主人，他的忙和他的重要是可想而知的。

我是 2014 年 3 月 22 日应中国荆门第七届油菜花节组委会的邀请到沙洋参加一个“我爱家乡”散文征文颁奖活动的。我与活动的组织者和征文的获奖者一起到张池村。一条宽阔的柏油大马路穿村而过，路两边都是油菜花的海洋，村子里的空地上停满了各种各样的车辆，旅行社的大巴一排排摆满了停车场。我们二十几人很快融进了观赏油菜花的人群，就像几滴水珠融进了大海。油菜花一株株精神挺拔，昂起缀满花瓣的头发，在一畦畦地里田畈上列阵欢迎。田埂上村路间那些男的女的老的少的游客们，脸被油菜花映得明亮，眼被油菜花照得放光，心被油菜花摇曳得怒放。他们握着手机举着照相机，把油菜花海的壮阔宏伟照下来，把油菜花的妖娆与灿烂留下来，把花海里的人流村庄和在花海人流村庄上氤氲的芬芳、飘飞的欢快与喜悦，永远定格在镜头里。摄影发烧友们，大镜头小镜头长架子短架子还有航拍器一起都来，他们为拍到的每一个镜头喝彩。

临近中午，人越来越多，村路间田埂上田角地头到处都是人。人流有些凝滞了，真正的摩肩接踵。我们的队伍已经散开了，我随着人流看了金花台上表演的音乐歌舞，登上观景台看了更广阔更辽远的黄色延展到地平线那边的花海。我还过了湿地湖上的栈桥，看有的人去体验各种古老农具的使用操作过程，这个景点叫农耕文化体验园；我路过了浣花池、油菜迷宫、生态采摘园、农事授时图等景点。后来我干脆靠近一片油菜花不走了，我把我的肺扩得大大的，尽情吸取油菜花的清香。我抚摸那粗壮的油菜花秆，我回到了儿时，回到了乡土，回到了那一抹浓得化不开的乡愁，我泪流满襟。

同行的伙伴终于找到我，带我到一个只有三户人家的村落。这三户人家开门迎客，堂屋与房间里摆满了桌凳，门前写着“农家乐”。到农家乐吃饭的人在排队等待，一桌客人吃完，另一桌客人跟着上。端饭端菜的村民忙得团团转，额上汗晶晶，脸上笑盈盈。我们吃到的是农家柴火饭，菜是农家菜园里的有机菜，肉是他们自己养的猪杀的肉，鱼是鱼塘里捕捞的鱼，还有酒，村民自己酿的粮食酒。油菜花海里的一顿午饭啊，那淳朴那真正的乡土味，令我难以忘怀。

在九届油菜花节举办成功后的秋天，我重返油菜花节的中心会场张池村，村支部书记王中彦陪着我，开着他的私家越野车在张池村的各个村落行走。收拾得干净整齐的农舍，村民正在拾掇收回家的水稻，一户两户三户的自然小湾，绿树葱茏，亮如大地之眼的小水塘和小水池，眨巴在村落边，有鹅鸭在安祥戏水，一片恬静平和的乡村景象。

王中彦带着我走遍了张池村。在村民委员会办公室里，我看到了挂满墙壁的二十多块荣誉牌子，这些牌子是水利基础设施建设、基层党组织建设、社会治安综合治理、人口和计划生育、年度综合考评等等的先进单位和荣誉称号，其中含金量最高的两块牌子是 2013 年 12 月由湖北省环境保护厅授予的“省级生态村”和由中共湖北省委、湖北省人民政府授予的“2011—2013 年度文明村”。

张池村全村以农业为本，经济收入以优质有机稻、优质双低油菜、生态养殖、花卉苗木、乡村旅游为主，村民人均年收入 10 500 元。村里很多人家都买了小汽车，过去一家数口住一间的筒子屋没有了，家家都是砖瓦房小楼房。除了生态观光旅游通道五洋公路穿村中心而过外，通村环村硬化公路、通户碎石结实路如网络般将全村连在了一起。

说到张池村今日的变化，除了改革开放的好政策外，油菜花节的举办是一只巨大的推手。王中彦算了一笔账，张池村万亩土地，除了种一季水稻外，第二季有八千亩种油菜，过去就是水稻和油菜籽的收入。举办油菜花节后，张池村每年接待游客五十多万人，村里有条件的农户开办了四十多家农家乐，村民在村头路边摆个小摊子，卖点糍粑、韭菜饼、卤鸡蛋、甘蔗等小吃和农副产品，做得好一天能赚五六百元，农家乐做得最好的一户，一天能赚一万多元。每年油菜花节，时间不到三十天，据不完全统计，张池村村民收入有一百多万元，村集体利用停车场、摊位、会议室等资源收费，也有十几万元。一届油菜花节办下来，使张池村人均增收五千元。

油菜花节还促进了种植产业结构的变化，沙洋大面积油菜的种植，使得它获得了中国唯一的“菜籽油之乡”的美誉。张池村在发展油菜种植方面，在沙洋名列前茅。“世界油菜看中国，中国油菜看湖北，湖北油菜看沙洋，沙洋油菜看张池”，这话一点都不假。

告别沙洋，告别张池村和王中彦书记，回到武汉，我忘不了那片土地，忘不了那片油菜花的海，忘不了那油菜花海里漂浮着的两百个村落岛屿，那是两百艘载满美丽乡愁的船吧！

篱笆、女人和狗

朱零

用这几个字作标题，是因为突然想起一部电视剧的名字，与我要表达的主题恰好相似。女人是这篇文章的主角，篱笆里面围的是苦荞。苦荞是背景，这景深很深，是整座苍山的西坡，甚至，是连绵不断的横断山脉。而狗，是道具，是女人身边的影子，是一条土狗，一条黄毛狗。

女人叫字润美，年近七旬的老妈妈，利落、精神，是一个能够用苍山西坡作画的女人。锄头和镰刀就是她手中的画笔，苦荞是颜料。她能随心所欲地用连片的苦荞在苍山西坡表达她内心的意愿。

我叫她字妈妈，她是我朋友字旭东的妈妈。

如果有人自我介绍，我姓“字”，我姓“茶”或者我姓“蒙”，那么，他就是彝族同胞。这几个姓，都是彝族的大姓。字旭东是我彝族同

摄影：赵康才

而当你来到西坡，你就像来到了另一个世界，静谧、祥和，偶尔有一声狗叫。

胞兄弟中，最铁的一个。

苍山的东坡，是洱海，是蝴蝶泉，是崇圣寺三塔的倒影，是热闹的团队，是一辆接一辆的旅游大巴，是导游手中纷飞的小旗，是走散了的游客声嘶力竭的呼喊。而当你来到西坡，你就像来到了另一个世界，静谧、祥和，偶尔有一声狗叫。循着叫声望去，远处有一个模糊的人影，满山的翠绿中，当人影渐渐清晰，当一个着红色彝族服饰的妇女映入你的眼帘，当万绿丛中一点红的美景真的出现，你丝毫也不会怀疑，这就是你要找的世外桃源。

苍山的西坡是漾濞彝族自治县，字妈妈就住在一个叫罗里蜜的彝家寨子里。“罗里蜜”这三个字，翻译成汉语是“老虎出没的地方”。这当然是不能翻译的，彝语多好听啊，一翻成汉语，就成了不伦不类的白话，比白开水还淡。比如说喝酒，这里的彝族说“直达”，这是音译，但比起汉族的“干杯”之类的敬酒词，不知要准确多少倍。当围在火塘边的男人一起高举酒杯，齐声说“直达”的时候，你会觉得对于喝酒，没有比这个词更能抵达肺腑的了。我们说的“干杯”，虽然有时也作出一副豪气干云状，但碰杯时毕竟还是有些心虚，缩手缩脚。“干杯”是嘴上的功夫，而“直达”则是直捣黄龙，直奔人的酒量而去的。

字妈妈是酿酒的好手，当她隐身在一片苦荞丛中时，当一个红点置身于一片绿中时，“她在丛中笑”。以前，老祖宗留下来的办法是，种苦荞要去大山深处开荒。他们带上火种去烧山，带上柴刀去砍树，带上耕牛去犁地。以前只在书中看到“拓荒牛”三个字，不知其中的分量。字妈妈说，这些牛太可怜了，在烧过的山坡上开荒犁地，一天下来，那些牛的眼睛往往充满了血丝，有些累倒了，再也爬不起来了。那时候苦荞的产量很少，当地有一句顺口溜：“砍一山，烧一坡，收一箩，煮一锅。”几年前，字妈妈无意中发现，把苦荞籽撒在房前屋后的农耕地里，倒是长得很好，产量也大大提高，还不影响种粮食，更重要的是，还不破坏大山里的植被。

用苦荞酿酒是字妈妈的绝活，她能如意地控制酒的度数，她酿的苦荞酒远近闻名。字旭东把字妈妈酿的酒叫作“四亲酒”。他说，这是妈妈亲自选种、亲自播种、亲自收割、亲自酿造的，喝了不醉，醉了也不会上头，睡一觉就没事了，醒来后像没喝过酒一样。在漾濞县城，也有一家苦荞酒厂，生产一种叫“雪山清”的苦荞酒。这个酒有一句广告词，给我留下深刻印象，叫“爹亲娘亲不如雪山清”。广告词倒是很押韵，像顺口溜，但跟字旭东给字妈妈酿的酒起名叫“四亲酒”比起来，明显的一个是混账王八蛋，一个是孝子贤孙。后来我一打听，那句“爹亲娘亲不如雪山清”广告词的始作俑者，竟然也是字旭东，倒是让我领略到了一个人身上的多样性与不可捉摸性。

那只大黄狗一直跟在字妈妈身边，从田间地头到房前屋后，从猪圈到厨房，字妈妈走到哪里，它跟到哪里，寸步不离。看着它有时一副灰头土脸的邋遢样，我恨不得离它远一点，怕它蹭脏了我的新皮鞋。有一次，它离我实在太近了，我抬脚给了它一下，它猥琐地“汪”了一声，夹起尾巴，低着头，羞愧地走开了。那一晚，月亮很圆，我半夜起来上厕所时，看见天井中央蹲坐着那只被我踹了一脚的土狗。它用舌头仔细地舔着全身的每一根毛发，直到把每一粒灰尘舔净，然后用前爪认真地洗脸，一下一下又一下。在它确认自己已经纤尘不染的时候，便用后腿支撑着身体，前腿直立，身子笔直地朝向月亮，狗头高昂着，对着月亮发出了清脆的响彻夜空的“嗷嗷”声。此刻的它没有了丝毫的奴性，月亮是它精神的故乡，是它的宗教，是圣地。我有幸目睹了一次狗的宗教仪式。当仪式结束后，它高昂着头从我身边走过，目中无人。我相信，此刻，它已不是白天的那只狗，此刻的它恢复了狗性，回到了狗的自身，成为一只真正意义上的有崇高追求及宗教信仰的狗格独立的狗。

那一晚，我忘记了撒尿，在天井里愣了半天以后，又莫名其妙地回到床上，睁着眼睛一直熬到天亮。

接下来的几天，那只狗总是跟我保持着一段距离，一点也不给我

摄影：赵康才

他说，这是妈妈亲自选种、亲自播种、亲自收割、亲自酿造的，喝了不醉，醉了也不会上头，睡一觉就没事了，醒来后像没喝过酒一样。

接近的机会。有时，我向它献上谄媚的一笑时，它盯着我的新皮鞋看一眼，便一扭头，找字妈妈去了。

国庆前，字妈妈在字旭东的陪同下，第一次出远门，坐飞机，来到了北京。我陪字妈妈在颐和园逛了一整天，她是那么的开心，她说：“我一辈子生活在篱笆围起来的寨子里，做梦都想不到还能来到北京。”这时，过来好多外国游客，字妈妈大声地问我：“阿弟，我能和他们一起照相吗？”我说：“可以，完全可以。”字妈妈主动找一位外国老太太和她一起合影，她嘴上说着彝语。当外国老太太明白字妈妈的意思后，开心得不得了，说：“好啊，好啊，我也正想跟你合影呢。”那天，字妈妈穿着一身鲜红的彝族服饰。后来，要求跟她合影的外国游客排上了长队，让她应接不暇，那一天，她成了颐和园里最靓丽的风景。她和那些不同国籍、不同肤色、不同语言的老外们互相说着各自的方言，似乎大家都能互相听懂。是的，一个内心纯净、没有杂念的人，心里是没有篱笆的。看着字妈妈朴实又大方的笑脸，我和字旭东互相对视了一下，有一种温暖，同时涌上我们的心头。

诗意水乡大淀头

杪椤

白洋湖里淀头村，
石发垣衣碧绿痕。
为语长康细着笔，
青天露处是云根。
——清・孙钥《淀头泊舟》

船靠岸了，走在灰顶红柱的环淀栈道上，木板拼接的路面是有弹性的，人仿佛踩在软泥上，迈步似乎也有了助力。栈道逶迤着随岸而行，走至尽头则与戏台相连。此时已过旅游旺季，自然没有开戏的锣声。一些老人坐在戏台上躲着太阳，另一些老人则在边角处打着纸牌，旁边孩

而在眼前的大淀头，村外的水面烟波浩渺，荷叶田田，芦苇苍苍，村内水榭廊亭、小桥流水，这一切完全颠覆了我对中国文化地理美学的认知——曲苑风荷并不只属于烟雨江南！

子们嬉闹的声响一直越过濒水的房舍，飘荡进村子里。

房舍是粉墙黛瓦，而栈道顶檐下每一根柱头上都挂着红灯笼——其实在船上时，看到这一景致就心生恍惚，我以为自己置身在秦淮河畔的泮池码头！但站在栈道上，东望远处篱笆一样的渔栏，网孔尽头，却是烟波浩渺的白洋淀！

我的踏足之处，是被称作“大淀之头”的大淀头村。

白洋淀身居华北平原腹地，号称“华北之肾”，系华北水系流向渤海前的汇合之地，它所聚集的水气对京津乃至整个华北地区气候有着重要影响。此去连绵太行山不过百公里，而在淀与山之间，则是古代燕国和赵国的交汇地带，作为燕赵文化的一极，“风萧萧兮易水寒，壮士一去兮不复还”的“慷慨悲歌”正诞生于燕南赵北的山水间。谈到燕赵文化，犹能使人想起尚武、任侠的荆轲，完全是一副粗粝、豪放的形象，天生就与精致、典雅相左。是的，假如没有白洋淀，假如没有大淀头，我也将此作为北方全部的定义。

而在眼前的大淀头，村外的水面烟波浩渺，荷叶田田，芦苇苍苍，村内水榭廊亭、小桥流水，这一切完全颠覆了我对中国文化地理美学的认知——曲苑风荷并不只属于烟雨江南！或许正是这种北地南风的差异感，吸引我随着水波上跳动的韵致，一步步走进历史的深处，寻找淀上渔民的乡愁。

1

码头前的广场上，一块并不起眼的木牌：大淀头村史馆。

一个脸膛被晒成黑红色的汉子给我讲述村史——我曾在白洋淀边下乡驻村一年，对他们的方言我是听得懂的。说也奇怪，濒水而居的人，嗓音是脆亮的，完全不似山区的苍浑，这就是土地对人的影响吧！村史馆的陈设并不像专业博物馆那般规范，但也足以超出我的想象。展览中最吸引我的实体内容，是那些织网、打渔、破苇、编席的传统工具和工艺展示，而在今天的白洋淀，由这些工具和工艺创造出来的农耕渔织的生活早已异变。传统在最基础的生发地断裂，它们进入村史馆，成为乡愁的符号。

过去是淀上渔民南下北上、停船歇脚的大淀头，现已是白洋淀旅游重要的景区。

大淀头也不仅止于此。朴素的讲述打开大淀头尘封的历史，就像挖开了一个北方历史的考古探方。此时我才知道，这个大淀头，地图上不起眼的点，见证着眼前流水脉脉，却也标定着与北方乃至整个民族兴衰休戚与共的历史节点。

村子的由来，本就是北方移民史的产物。村史载，明朝永乐年间，朱、赵、董三姓从山西洪洞北兴河迁入此地建村。因村落面向大淀，为渔民南下北上、撒网捕鱼、停船歇脚之码头，故名大淀头。河北诸多的村庄都流传着这样的民谣："问我祖先在何处，山西洪洞大槐树。"明朝洪武、永乐年间，中原经过多年战乱和自然灾害，多地人口严重下降，朝廷诏令从人口繁盛、经济相对富庶的山西移民到内地，如今全国30个省市都有分布。大淀头就是山西移民东行的落脚地之一，600多年已过，村子里还是三姓为主，那位讲述者就姓朱。村子里老辈人说，乾隆皇帝曾来大淀头村体察民情，见大淀头人生活富足、安居乐业，便称赞村长朱老六"治村有法，治家有方，朱家可谓百万之府"，故此有"朱百万"之说——"朱"这个明朝的皇姓在大淀头却受到了清朝皇帝的"皇封"，历史在民间的记忆中也饶有趣味。

人是环境的产物，传统生活的神圣在于她能够保有对山水自然的敬畏，淳朴之心就是对自然的顺从。山西移民到了水乡，也便顺风顺水，产生新的生活信仰。宗族是移民前就有的，想必三姓之间也曾发生过大大小小的故事，而敬奉水神则完全是新民俗。传说大淀头村在明末清初出了一位狄台三爷，携义犬扶危济困，多次救助淀上遇难呼救之人，后羽化飞升，村民尊为水神，立庙祭祀，每年冰消时节，举行水会祈福平安。

——宗族，神明，大淀头人在与自然和命运的博弈中建构起了内心的信仰，一个完整的乡村社会在白洋淀边诞生了。而今天，村史馆取代了单姓宗族的祠堂，水神庙也被戏台代替，祭祀水会已经让位给了熙熙攘攘的游客。时移势易的文明进步让大淀头换上北国江南的风貌继续她的另一种美丽时，我们不得不面对乡愁渐行渐远的无奈。

2

水是天下至柔之物。

大淀头三面环水，被锻造出柔美的水乡风光。水乡倒是不错，但“北国江南”这样的命名带有太多的文学想象意味。水就像人一样，也有自身的性格，南北差异同样存在。南方的水温婉细腻，在城则是绿树茵茵下的曲水如带，在野则四时俱见“落霞与孤鹜齐飞”；而北方的白洋淀，盛夏暑热蒸腾，一派热烈，冬天就冰封如镜，四野寂静，万木萧疏。从清冷到凛冽，北方的水犹如风雪中走出的一个汉子。

尽管有荷花盛开芦苇茂密，栈桥环淀长虹卧波，也有高高低低的马头墙，但大淀头不改她慷慨悲歌的血性。

在村史馆，有一份记载着8位烈士生平的名单。田连堂，1912年生，安新县大队战士，1939年牺牲于关城村；孙纪，1915年生，冀中独立七旅十九团班长，1946年牺牲于徐水县；朱老双，1923年出生，志愿军六十六军二〇二师高炮团班长，1953年牺牲于朝鲜怀阻反击战；李小往，战士，1967年3月牺牲于正定县……这份名单之所以引起我的注意，是因为这些烈士们牺牲的时代横跨了从抗日战争、解放战争、抗美援朝到新中国建设时期。那些简短的生平背后，是鲜活而壮烈的人生，他们中年纪最小的仅有13岁。

大淀头人以自己的血肉之躯加入人民创造历史的过程，见证了民族解放与复兴的历史。抗日战争时期，白洋淀“雁翎队”曾经开创了“水上游击战”的光辉战例，几代人耳熟能详的孙犁的《荷花淀》、徐光耀的《小兵张嘎》以文学的形式反映着那段历史。大淀头战略位置重要，是“雁翎队”活动的重要区域，村子里仍有多位当年雁翎队的老战士和经历过血雨腥风的老人健在。在他们的集体叙述中，伴着村史馆里陈列的长矛、土枪和缴获的敌人战利品，我听到了来自亲历者内心的豪迈：

“1939年春天，日本鬼子在大淀头村修建岗楼。冬天，鬼子和伪军搜捕地下党，将全村百姓赶到摆渡口。面对鬼子的枪口，百姓没有一个人屈服。鬼子将村民李金香揪出严刑拷打，她死不说，鬼子最后把她拖到田庄，准备塞进冰窟窿。这时因为鬼子接到紧急出发的命令，李金香幸免于难。1943年夏天，雁翎队在夜里冒着大雨攻打大淀头岗楼，将中队长在内的158名伪军全部俘虏，缴获一批枪支弹药。”

今天，大淀头人的“血性”仍然在血管里蓬勃地跳动着。在发展经济，提高生活水平过程中，大淀头人表现出乡村少有的超越性视野。他们不急功近利，而是从“根”抓起转变发展方式，建学校，修大桥，实施农村环境改造工程，建设“淀头八景”走旅游兴村之路，统一规划实施新民居改造，新的大淀头在“血性”中诞生。

水是至柔之物，但又无坚不摧。属于大淀头的时间被水打磨成了细细的泥沙，它们沉积在水底，其上生出芦苇、荷叶、浮萍、茨菰、菱角、蒲草……它们就像大淀头的人，生生不息。

3

三面环水，偏居于白洋淀一侧的水乡小村，还隐藏着一段很多年鲜为人知的秘密。这个秘密与中国当代文学史有着紧密联系，甚至在某种意义上说，它使大淀头成为新时期文学发展的重要策源地。

过去是淀上渔民南下北上、停船歇脚的大淀头，现已是白洋淀旅游重要的景区。

这个秘密现在正在被揭开，但细节仍然神秘。循着村子里窄小的胡同和村外大淀里两侧长满芦苇的航道，我的目光越过时空，回到四十多年前的大淀头。

1968—1976年间，一群与渔民装束、方言和生活习惯都不同的年轻人，在淀边日出而作、日落却不息。他们是来自北京、天津、内蒙等地的知识青年，响应号召，抱着“广阔天地、大有作为”的信念来白洋淀插队。他们和村民吃住在一起，但在劳动之余读书、写诗、作画、练书法，日日苦学到深夜。农闲时节走村串巷搜集民间传说、歌谣和抗战歌词，回来即坐在苇场里畅叙收获，写作自己的诗歌，并从这里出发，带着自己的诗稿，坐着木船到邻村去寻找另一些同行交流诗作。面对这些外来的年轻人，大淀头人用白洋淀般宽阔的胸怀，将他们当作自己的孩子来呵护。当时国难家贫，农村财力十分有限，但大队干部筹集资金，新建三间青砖新居供他们居住。四十多年后，每念及此，都令他们百感交集。

城市、知识青年、青春朝气，尽管有着这些与水乡农村格格不入的身份，但这群年轻人却很快融入村民中间，获得了大淀头人的信任。在政治挂帅的年代，他们或被选为生产队的出纳或出任代课教师，在这个远离风暴中心的世外桃源，从事着体面的工作。就这样，八位年轻人在大淀头度过了他们最宝贵的青春时光，春天来了，他们回到城里。很快，其时仍处在“地下活动”的北京诗歌圈子中开始流传一批描写白洋淀风光和生活的诗歌作品，火热的激情、深邃的思想和近乎异域风光的书写很快引起了诗歌界的注意，并由此而引发了现代汉诗风格的变化，成为“朦胧诗运动”的准备和先声。

后世的研究者将他们定名为“白洋淀诗群”，写入了中国当代文学史和大学教材。

今天，当我在大淀头听到这些知青的名字和他们在这里的生活趣闻，就有了一种寻访历史的庄严：姜世伟因为体型瘦削（那时的胖子并不多）被村民称作“猴子”，他是大淀头小学的代课教师，此后他以“猴子”的英语单词音译当作笔名写诗，叫芒克；另一个代课教师是卢中南，后来成为书法家，现在大淀头小学的校名就是他题写的；当出纳员的是栗世征（多多）、岳重（根子）；朱继和（白青）祖籍就是大淀头，后移居天津杨柳青，1969年他回大淀头插队时认识了北京来的知青们，受到他们影响才走上文学之路。常来大淀头与他们相聚的，还有一位从保定徐水县迁居到北京的知青，他叫林莽。

多年之后，多多的一段话说出了大淀头对他们一生的影响：“我们（指芒克、根子、多多）十六岁同乘一辆马车来到白洋淀。白洋淀是个藏龙卧虎之地，历来有人性强悍之称，我在那里度过六年，根子三年，芒克七年。我们没有预料到这是一个摇篮。当时白洋淀还有不少写诗的人，如宋海泉、方含等。以后北岛、江河、甘铁生等许多诗人也都前往那里游历……”

已过中秋，荷叶虽未枯残，但盛夏时的恣肆气势已消失殆尽，散淡地闲浮在水面上——而那水，反倒少了暑热时的浊气，湛蓝到令人眩晕。荷花尽谢，偶有几枝晚凋，此时也瘦尽了雍容，在华贵之外有了冷艳的美，峭立于徐缓而来的水波之上。岸上的村庄寂静，水边几只浮水的幼鸭，时而把头扎进水里，出水时抖动头颈，水珠溅落在四周的水面，转瞬就消失不见。

返程的时候，我特意叫诗人阿民找了船工摇的小船来，一棹一棹地摇向大淀的深处。小船远行，大淀头隐没在波光云影里。我知道，到了晚上，淀边的红灯笼就会亮起来，连水面都会变成红色。

白鹿原：
一座原，一个人，一本书

周瑄璞

当我在百度搜索上，试图查一下白鹿原这个地名时，所出现词条，却都是关于小说《白鹿原》及影视剧的相关内容，至于她们的母体，难寻遗迹。

让我们先普及一个小知识。第6版《现代汉语词典》显示，“原”字，同“塬”字。塬：我国西北黄土高原地区因流水冲刷而形成的一种地貌，呈台状，四周陡峭，顶上平坦。

事实上，在长篇小说《白鹿原》问世之前，那里叫狄寨原。坐落于西安市区东约二十公里，属西安市灞桥区，行政区划里有一个狄寨乡，现为狄寨街道。

在这个曾经换了无数个名字、经历了种种兴衰的著名都城与秦岭之

原顶上看来，她与平原没有什么区别，像是上天赐予这里的另一片大地，由世上最细腻最密实的黄土堆积。

间，横亘着一座西北-东南走向的厚实大原，像一个展开的手臂，一头牵着城池，一手连接中国南北方的分水岭——秦岭（古长安人称为终南山）。她似山却又不是山，因为她的顶上平坦无垠，可跑马，可种田，原顶上看来，她与平原没有什么区别，像是上天赐予这里的另一片大地，由世上最细腻最密实的黄土堆积。身处关中平原的这一片大原，与这片大地一样，是汉民族最早活动的地带、中华文明的发源地。关中平原有多少历史风云，她这里就有多少风雨飘摇；几十里外的都城有多少政权更迭，她这里就有几多震颤与观望。纵长几十里的原上原下，村庄星罗，人口稠密，人文悠久，典故众多。传说最早原上有白鹿经过，人称白鹿原。项羽驻军“霸上”，为刘邦设下“鸿门宴”就在这片大原脚下的灞河边上。相传赵高“指鹿为马”故事中的鹿，就是从白鹿原上捕获。现在原上有一个村庄，名迷鹿村，不知是否与此成语有关。

后因宋代名将狄青在此屯兵，从那时起叫狄寨原。好似娇柔女子变作关中硬汉，千年以来一直作为此原的名称和行政区划。从西安火车站，有一趟240路公交车，通向狄寨原。

沉默的大原背靠终南秦岭，面向千年都城，她见惯了历史的烽烟，静观过诸多风云，积淀出深厚恒定的性情。时光来到上个世纪末，她不会想到，在她脚下一个普通的村庄，一位成长起来的文学青年，将要使她的名字再次改变。20世纪90年代，著名作家陈忠实的长篇小说《白鹿原》一举问世，人们纷纷打听，白鹿原！在哪里呀？有人指向东方，就是那个。啊，狄寨原呀！鲸鱼沟呀！人们恍然，这个在市区东部静静卧着的地方，我们熟视无睹之处原来还有这样的前世今生，传奇故事。慢慢的，人们又将这里称为白鹿原，其名日隆，超过了狄寨原。可是在行政区划上，找不到白鹿原这个地方。人们只是愿意这样叫她，人们的目光和踪迹也伸向这里。一些新的机构和单位悄悄向原上迁移，民办高校在这里生长起来。沉默的、乡土的古原，慢慢变得喧嚣起来，成为一个亦乡亦城的世界。

作家陈忠实的家，在白鹿原下的西蒋村，背靠大原，面向灞河。他的书法落款，自称“原下陈忠实”。小村庄出了大作家，天天有人造访，在村头他家门外看来看去。也成为西安文化人招待外地友人的好去处。驾车一两小时，路过无数村庄，就为去看看那个永远锁着门的小院，趴在门缝处，侧耳听听院内的寂静，猜想当年大作家出入这里，打造名著的一些情景。

前年夏天，有广东作家来陕，我约了几位西安文友，一起去白鹿原上，先参观白鹿书院和思源学院内的陈忠实文学馆。事先陈老师与工作人员联系，一位女士带领我们参观。文学馆内，在一张路遥、陈忠实、贾平凹、白描等当年八位陕西青年作家的照片前，为我们讲解的女士说：“陈老师上周带人来参观，在这张照片前很伤感地说，这上面已经有三个人不在了。”而今两年过去，曾为逝者伤怀的人，也离去了，那张著名的照片上，八位年富力强的“青年作家”，盛年男子，只有三个人健在。

之后我们又驱车原下，来到西蒋村。陈老师家大门依然上锁，我电话问他，有没有钥匙在邻居家里，我们好开门进去，参观一下巨作诞生的地方嘛。陈老师笑呵呵说：“钥匙在我这里，你们进不去。”一行几人很不甘心，门外绕来绕去，有人发现玄机，院墙外立靠着几段石板，几人轮番踩着，爬上墙头向院内观望。据看过的几位男士说，小小院内一棵紫薇，开了一树繁花。那是陈老师亲手栽的，他曾在许多篇散文里，写到他父亲种树卖树，供他上学，也写到他对树的感情。

如今的白鹿原，是西安人休闲娱乐的好去处，若想原上一日游，自纺织城南端的水泥厂门前，不必担心走错路，沿着唯一道路，继续向东曲折几回，务请忽略黄土地上特有的尘土飞扬，也要小心大卡车的霸道行驶，容忍短暂的不快，汽车经过几分钟小心谨慎的爬坡，如同上山一样来回盘曲几遭。大半腰之上，有一处白鹿望城，若有雅兴，可停车下来，看看多数时候是雾霾笼罩下灰蒙蒙的西安城。胸中展开随便什么样的感叹，上得原来，眼前豁然开朗，却原来平坦如案，做梦一般迎来一片新天地，尽可撒欢奔跑！240路公交车载满成绩不佳屈尊民办的青年学子，繁忙营运，更有各样车辆奔跑来去，穿牛仔裤的学生手提塑料袋装的红鲜鲜凉皮横穿马路，车来人往，充满生机与活力。

也曾经去年春天，到白鹿原上踏青赏花，自西向东，驾车漫无目的地游走。不时路过学校、村庄、集镇、果园、农田，各种雨后蘑菇般冒出的农家乐，装扮得朴拙而可爱，更有利用大好春光小山包一样堆着卖荠荠菜的大妈大姐，其言铿锵有力，其语豁达幽默，嘎嘎笑声不时响起，好像她们不只出售农产品，还附带推销正确人生观，交易总在欢声笑语中完成。城里人本是自备小铲袋子，来挖野菜的，不想原上人比你站得高看得远，人家早早挖了，要卖给你，你在地里找来找去，零星点点，不能满足你体验王宝钏生活的心愿，只好愉快地从了她们。水真是奇妙无比，山有多高，水有多高，原有多高，水有多高。这里并不因高出百米就无水可用，仍然与原下一样，春种秋收，万物生长，大自然轮回有序。原上人们，当然是和你一样知道有汉，更有魏晋，不曾落后半日。

不去考虑路边几公里外刀削而下的边沿的话，这里和原下一样，也是一片广阔天地，一个喧嚣世界，平坦通达的大道，任你自由驰骋。

跑够了，从樱园路拐弯，沿着一个坡下去，曲折几回之后，眼前突然一个陡坡，像过山车那般惊险，伴随着两声尖叫和心儿狂跳，一片灿烂的樱花撞入眼帘。大原的半腰，寂静无声，好像只能听到樱花吐蕊之音，汽车的沙沙声都显得刺耳。停下车来，走进一片花海之中。路边也有几辆车，静静泊着，好像停了好久，莫非是人儿误入樱花阵，被樱花仙子迷住，不能出来。

巨大的樱花树，沉重的枝头下垂，人要低头才能经过。踩着细腻无比的土地，沿着更小的路向前走去。遇见一个被人遗弃的村庄，在密集的树林里，半砖半土的房屋零星地坐落，因久不住人，不同程度地倒

陈家祖屋背靠大原，处于村头，对面没有人家，官路从门前走过，面向灞水和开阔的平原，而远处的骊山是因为像一匹飞奔的骏马而得名

了一个墙角，掉落一片屋顶，还有更老的房子，只余下一堵土墙。破旧木门窗依然在，有两家墙上竟然还挂着蒸馍的篦子，竹片已经发黑，还有一个已经不圆的高粱秆锅排，静静定格在墙上，让人想起当年它们扛鼎农家日子之时，带给人们的火热生活。这里的人们，一定是有了更好的去处，在原下或原顶平坦之地盖了好的房子，或者去了触手可及的西安城，加入了城市人的行列。如今故园残垣断壁，芳草岁岁枯荣，樱花年年兴衰，诉说着无尽往事。时局如同时光，不可逆转，消亡的总要消亡，新生的终会新生。

消失的村庄，只为寻找更好的去处，她没有义务为了满足文人的所谓乡愁和欣赏需求，困守这里，供你们饱饭之余，前来啊啊噢噢歌咏一下田园风光，画几幅风景画，转身走人。在历史前进的征途中，总要掉落许多东西，摔疼一些部位，人民要过好日子，村庄要走进现代化，这是谁也阻挡不住的。

站在被遗忘的村落，仰望大原，只见一线平顶，默默横陈。密林丛中，让人不知身在何处，今夕何年。

今年的中秋节，一个仍然高温的下午，我与家人再次驾车去往白鹿原，感受秋季大原的风情。听说白鹿原影视城建成开放，尚未收取门票，先去那里参观一下。在导航的指引下，上了高速，一路向南，向东，越走越觉得好像南辕北辙，与之前常去的思源学院一带的白鹿原离得太远。却原来这里是大原连接秦岭的最东端。距离景点四五公里，已见汽车熙攘，停车场与各种兜售跃跃欲试。再往前走，景点还有一公里，车辆拥堵，无法向前，索性放弃折回，去往我们熟悉的思源学院那里。导航显示，相距四十多公里。走村过巷，穿越乡级公路，路过一个叫八里原的所在，两边皆是丰收在望的玉米地，砍倒的玉米秆和没有砍倒的玉米秆，形成有趣的几何图形，有农人寂寥的身影在田间慢动作搬运它们。

一个多小时后，又来到从前上原的地方，从水泥厂门前穿过，跟在一辆240的后面。这是陈忠实老师去世后，第一次上原。斯人已去，可是却又无处不在。道路两边，处处可见《白鹿原》电视剧、电影及华阴老腔的巨幅海报，与其有关的仿古建筑正在建造。白鹿原用这种方式纪念一个人，皆因这个人能让这片土地发生诸多变化，给这片土地带来无数生机。因过节放假，白鹿书院大门上锁，我请门内老人打开门，我进去拍张照片。老师傅说，书院建在他们园林里面，有书院人员的电话，才能开门放我进去。想起前年参观，是陈老师打的电话，而如今，再无人接应。心里一阵难过，上车离去。

沿着老路，去往西蒋村，汽车急转直下。半腰处，遇见去年春天的樱花阵，只有满眼浓绿，那些旧房屋，仍然在密林中隐没，世界静得出奇。我又回头望向原的顶端，还是静静伫立，不管世界怎样变化，她总是倔强的一条直线。汽车沙沙有声向前，下得原来，穿过一条两边尽是果园的小路，来到乡级公路上，向东直奔西蒋村。来到村头，“陈忠实旧居”的路牌豁然眼前。主人公已经去往另一个世界，上天入地，再难相见，不禁心里怆然。从前每次来，都要在这门前给他打个电话，现场直播一下眼前情景。如今，大门仍然紧锁，门上贴了白纸，不知谁人写了藏头诗，曰“陈忠实笑”，封条一般守护在门上，看那样子，已有几个月，却保存完好。

门前路边的空地上，几位妇人坐着闲聊，很平静地看看我们，分明已经见惯了这里每天来人瞻仰。看风景的人在门前，村人坐在路边看他们。情绪低落地在门外徘徊几回，四处瞅瞅，想起前年夏天，几位男士从墙头跳下后，意犹未尽，我们一起爬上他家屋后的原坡，钻进果园，站在高处看他家的屋顶、院落前的公路、公路前的灞河、河对岸的平原、平原尽头的骊山。肥沃湿润的土地孕育万物，满眼皆是一望无际的绿色。众人感叹他家所在，真真是一片风水宝地，陈家祖屋背靠大原，处于村头，对面没有人家，官路从门前走过，面向灞水和开阔的平原，而远处的骊山是因为像一匹飞奔的骏马而得名，陈老师恰好属马。大自然真是伟大神秘，处处设置玄机。

又出现两位游人，门前拍照后，门缝处探头观望。我们也该走了。再看那几位健硕妇人，尤如杨玉环转世，仍然以不变的坐姿在闲谈，看我们的眼神，还是淡然，好似在说，走好，不送。

夕阳西下，我们的汽车一路向西，路过成片的果园，穿过一个个村庄、街道。当年大作家也是沿着这条路，一次次回城里，回祖屋。如今他魂归故里，永远安歇在原下了，因他而再次改名的大原，张开宽厚的怀抱，接纳她最优秀的儿子。

夕阳里的白鹿原，沉静依然。

小路

朱鸿

出蕉村的几条小路，我一一都走过，想起来感慨竟涌而难抒。

东南方向的小路通杨村、新寨子、旧寨子、新合村。

祖父有一个妹妹嫁新合村，这里过会，他遂带我往姑奶奶家去做客。那时候，我也就三岁吧，走不了一里便累了，于是祖父就架着我走。坐在祖父的颈上，我竟撒了尿，流了他一身。我是长子长孙，深得祖父之爱，他也不恼，反而笑眯了眼睛。记得祖父当年穿着白绸衫，黑布鞋，摇一把蒲扇，脚步轻捷，自有潇洒。祖父1973年逝世，至今已经43年了。1963年由祖父携我至新合村，至今已经更是53年了。

东南方向的小路比较背，是因为这一带地薄粮少，比较穷，人来人往比较少。也有几次我独行此小路，可见生产队的牛马游吃麦苗，

往来在这条路上，可以随意游目，扩展视境。田野任性起伏着，远方总是地平线。

罕见有男女的身影。14岁那年初春，我腰上出疮，又沉又痛，便遵母亲之嘱至新合村找我姑爷爷看病。姑爷爷揭开衣服看了看痈疽，说：“下搭手！”就从竹篮里取出一块旧布，在结实的地方摊了一团膏药，剪成馒头大小一个圆片贴在疮上，轻轻拍了几下说：“不要紧，拔了脓再来。”姑爷爷声音沙哑，满嘴黑牙，切了一盘冻肉让我吃。我觉得脏，不敢吃，他遂津津有味地自己吃了。几天之后，我又换了一贴膏药，疮痒着痒着就痊愈了。姑爷爷干瘦干瘦的，我想，他的声音只能是沙哑的，甚至偶尔会弱得像要断气似的。姑爷爷医术甚高，遗憾他的几个儿子都不喜欢中医，竟没有继承下来。走在弯曲的小路上，望着一望无际的田野，我尝暗想，我也可以向姑爷爷学习中医吧！此念如云，转瞬就散了。

裴家崆村也有一个姑奶奶，还有一个姑姑，我曾经随祖父祖母一再出门至此。这是一条东北方向的小路。

姑爷爷在单位工作，经济有余，用餐的时候总是大人一桌，小孩一桌，小孩的这一桌当然是低矮的。菜都一样，会陆续端上，然而大人喝酒，遂有敬有受，也有回礼。执壶端杯，或起或坐，热情而不失序。我难免会停下筷子，看着大人喝酒。祖父往往倾杯而尽，其嘴唇与杯缘以气流相吸，发出干净的音响，此乃一种妙技。我父亲也能喝酒，但我却绝之，不沾一滴。姑姑和姑父都是农民，除了年画以外，环屋都是空墙，菜也简单。然而他们待我又亲切，又诚恳，我觉得十分自由，甚至可以反客为主，称霸于三表弟之中。

我印象最深刻的是沿途的风景，风景最震恐的是排列成阵的石人、石马和石羊。过了高望堆村，石刻便出现了。明秦王陵13座，悉在少陵原上。我往裴家崆村去，要穿过世字井村，数里之外，东望简王井村，西望三府井村，都是王陵，王陵之前皆立石刻。这些石刻尽为青石，不过几百年的日晒雨淋已经让它们发白。石刻寂静地踞于黄土之上，树木之间，不禁让我手脚收敛，甚至让我肃然沉思。

至南里王村、北里王村，或夏殿村，只能走西北方向的小路。

祖父的舅舅在夏殿村，他曾经引我去过一次。我的一个同学在南里王村，当年补习考大学，彼此多有往来，并去过他家。此小路也比较背，其坎横沟纵，起起伏伏。20世纪70年代以前，冬日的深夜，随风而来的还有狼的长嚎。至南里王村见同学那年，我已经18岁。此小路全程荒梗，不过也无所可怕。骑着自行车，遽然早出，悠然晚归，脑海里尽是未来之谋，有什么可怕的呢！

向东的小路尽管也是小路，不过它通公社，遂会略宽一些。此小路也是直的，即使拐弯也随便不得，非直角不拐弯。村与村之间的小路无不是黄土所铺，然而公社向外辐射的小路皆由烧过的蓝色炭渣所铺。权力之贵，当年在乡间也是不含糊的。

汉宣帝葬杜陵，他的许皇后葬少陵。少陵原，以至杜陵公社、杜陵中学，皆以坟茔得名，因为在封建社会，这些坟茔都是至高无上的。

杜陵公社驻东兆余村，韩家湾村至东兆余村也只有几百米。杜陵中学在东兆余村与韩家湾村之间，显然有其根据。

1973年至1977年，共有5年，我频频走此小路。我擦韩家湾村而过，至杜陵中学读书。周边大约有10个村的学生于斯读书，其最近不足一里，最远二里有余。各村学生皆无住校，读初中，又读高中。

经朱家巷，再经堡门，向东便是奔中学的小路了。冬季上学，天还未亮，遂会约上同学做伴。实际上一旦步入此小路，便碰到同学。自己以为早，尚有更早的。自蕉村至中学，近乎三里路，学生的状态永远是步履匆匆，私语窃窃。

走此小路，确实让人增加见识，不过这并非专指中学的教育。每天过朱家巷，过堡门，或过晁家巷，每天的观察都有启示。那时候，农村的活动都听铃声。铃敲声响，凡劳力都扛着锄或别的工具，散漫下地。午饭是主餐，男的都喜欢蹲在门外吃。面条是用盆子盛，两个或三个馒头会用筷子直穿而过，挑起来大口大口地吞嚼。一边吃，一边聊，意见相左，辩着辩着，忽然就翻脸，动嘴相骂，以至动手相打。有壮妇或美妇惊呼破门，冲过来帮助自己的丈夫。旋有男女拥上，唯长者会挤过去让彼此息怒。骂仗打架算是紧急之事，也是热闹之事，偶尔才呈。农民总体是老实的，平和的。吃了午饭，若有时间，也有兴致，就会唱几段秦腔，或下几盘棋，以在无穷无尽的苦日子里酿造属于自己的小快乐。

往来在这条路上，可以随意游目，扩展视境。田野任性起伏着，远方总是地平线。庄稼有两种，从中秋至来年的初夏是小麦，当年的初夏至中秋是玉米或谷子。田野闲不了，农民也闲不了。种下小麦以后，便要用架子车拉粪施肥，一遍又一遍的除草，若干旱还需灌溉，直到麦子黄了，开镰收割。种下玉米或谷子，也需上粪。间苗，浇水，当然也是必须的。麻雀会啄谷子，所以要吆喝着扬鞭赶鸟。收玉米，收谷子，也是火烧眉毛的工作，因为及时种下小麦才能保证来年的丰产。农民不是在田野忙，就是走在田野的小路上。他们根本不能做别的，卖菜，卖鸡蛋，或以细粮换粗粮，都不允许。他们只能脸向地，背朝天。他们困于田野，束缚于天地之间。我从小路上走过，无日不看到在起伏的田野里耕耘的肉体。肉体有时候是长长的一排，有时候是歪歪扭扭的数列，有时候像一把豆子似的散落着。

田野也以庄稼的生长或短暂的休止变幻着颜色。小麦刚种下是嫩绿，冬天是墨绿，春天是翠绿。小麦黄了，收割以后，会留下一层小麦茬子，望过去田野竟是白的。冬天有雪，田野也是白的。不过小麦茬子的白仿佛是田野的呼吸，但雪的白却是田野的酣眠。玉米和谷子都是绿的，然而玉米绿得飘逸，谷子绿得深沉。

冬天的深夜特别安谧，早晨打开房门，便见雪满院子。打开院门，上学去，朱家巷还没有足迹，不过堡门一带已经脚印杂遝，小路上的学生更是三五成群，嬉闹而行。20世纪60年代和70年代，雪很多，而雪则总是让人兴奋。农村的孩子多穿了家长做的棉鞋，暖是暖，可惜无法隔水防潮，到了学校，踏上砖砌的甬道，遂用力抖雪。雪倒是掉了，然而

我深刻的体会是，只要跨上少陵原的小路，我就觉得这个世界是踏实可靠的。小路及其两边的白杨树，小麦或果园，不仅可以审美，而且能治愈精神的创伤。

坐在教室便觉得棉鞋湿透了。秋季雨繁，常常一下就是十天半个月，这真是一种困扰。只有个别学生有伞，一般都是戴一顶草帽。上学去总是零零星星，断断续续，但放学回家却是所有班级一起走，小路遂变成了草帽的逶迤。泥泞不堪，只能探着走，鞋湿，裤管湿，然而青春是无所畏惧的。

当年的教育没有尽其责任。教育不但以批判为务，而且教育还要学习大寨，吾辈颇受耽误。不过它毕竟也是初中和高中的一种教育，有中国特色的社会主义么！

在这条小路上，我思考了很多问题。同学可以发展为朋友，不过同学里也有坏种。教师的身份决定了他们应该传道、授业和解惑，然而教师里也有歹徒。初中和高中所走的这条小路，人生既拉开了璀璨的大幕，又隐约在戏台的一角露出了它的艰险。

向西的小路有两条，一靠南，一靠北，都可以往韦曲去，当时的长安县政府便驻于斯。朱家巷距靠南的小路近，我习惯走这里。不过我偶尔也走靠北的小路，尽管它远一点，然而没有庄户，遂具空旷与宁静的魅力。

靠南的小路，穿西兆余村，又穿皇子坡村，便至韦曲。仅仅5里，少陵原的台地便变为韦曲的川道。皇子坡村是少陵原与韦曲的过渡，其沟壑纵横，壁断坡斜，尽展黄土的落差。小路便环绕于崖顶与崖底之间，会晕头的。韦曲水明鱼翔，稻香荷红，众蜻蜓和众蝴蝶有层次地飞越于碧蓝的空间。唐朝显赫的韦族曾经居于斯，只是不知道他们现在消失何处了。当年的长安县政府设此，其男女衣饰、神态和语气，显然异于少陵原。

小时候，我一年之中随母亲要行此小路数次，以看望舅爷和舅奶。稍长我便经常独赴韦曲，在文化馆浏览一些报刊以后，吃红肉煮馍一碗，惬意回家。之所以能如此享受，是我的父亲有工资。这条小路通韦曲，韦曲有15路公交车可以至三爻，再至小寨，再至南稍门，再至南门，便进西安城了。走此小路总是让人产生对文明的向往，并增加人生的动力。

1967年夏秋之交，我在蕉村小学门口远见几个人抬着一个死者从杨村一带而来，默默过蕉村，又远见入西兆余村，以往韦曲的权力机构去请愿。长者说：“新寨子和旧寨子武斗，把人打死了！”

朱家巷靠南，于是向南的小路我就特别熟悉，也特别亲切。此小路两边属于我所在蕉村第一生产队的耕地，我无数次看到母亲的背影夹杂在一群女社员之中参加劳作，我也无数次看到母亲的微笑驱散倦意，匆匆而返。我也曾经沿着这条小路至田野割麦子，捡麦穗，割谷子，摘谷穗，或掰玉米，也除草，松土，运粪布肥。不过我越干活，越不愿意当农民了。把式很多，他们得意地犁地，扬麦种，播谷种，点玉米种，把劳作化为了艺术，遂是喜悦的，可惜我不能。

在小学五年级的时候，我养了一只狗。冬天到了，雪盖大地，茫然一白，我便带着狗从这条小路上往田野去。我希望碰到一只兔子，让狗抓住它。小路上的雪光洁完整，狗跟着我跑过才留下人踪和兽迹。我喝着狗在路东冲一冲，在路西闹一闹，只是雪厚如毡，跑不动，也没有什么兔子。不过很高兴，有一种俄罗斯草原上的味道。

有近乎十年，知识青年也在此小路上往来。他们总是同进同退，郁郁寡欢，不能融于农民之中。男女之间要嬉戏，便会先东张西望地观察一下，再拉拉扯扯。姑娘遂涨红着脸，把小伙子推开。在田野嬉戏，他们还是很节制的。林彪认为知识青年上山下乡是一种变相的改造，此观点曾经受到包括知识青年在内的整个社会的批判。然而权力更迭，发布了新的政策，他们就卷被子回家，摆脱了贫下中农的再教育。

我家的祖坟在路东的坡地上，封土浑圆，长满了百草和苜蓿，并有乔木绕之而起。有一次，逢清明节，我由祖父带着烧纸祭祀，似乎还碰到过从朱坡村和四府村赶来烧纸的，他们是我的本家。公社强大至极，竟无声无息地以拓荒扩田的方式把祖坟夷平了，本家也就不见了。

我祖父逝世以后，埋在了路西的一片高地上。为他送葬的儿孙、亲戚和乡党，遂从这条小路上走过。八个壮汉抬着祖父的棺材，稳稳向前。我披麻戴孝，捧着祖父的遗像走在送葬的队伍之首。两年以后，我祖母的棺材也由这条小路上飘过。

我荣幸地遇到国运之转，19岁考上大学，之后工作，算是离开了蕉村。不过父母在，遂屡屡回家。小路依旧，心情不同。我深刻的体会是，只要跨上少陵原的小路，我就觉得这个世界是踏实可靠的。小路及其两边的白杨树，小麦或果园，不仅可以审美，而且能治愈精神的创伤。

21世纪，旋有管理委员会的机构出现，属于政府与企业的合体，目的是经济增长。其提出拆迁，蕉村就拆迁了。它周围的村子凡临韦曲的都拆迁了，从而少陵原的一半便改变了面貌。村子没有了，小路也没有了。高楼耸峙，由沥青或水泥所修的大道遂不可一世且毫无人情地径南径北，径东径西。

我常常想起自己曾经走过的小路。实际上我走过的小路，也是父母所走过的，是祖父祖母所走过的。这些小路究竟起于何时，不易求证。左丘明说："宣王囚杜伯于焦，士无罪而王杀之。"传曰焦就在少陵原上，蕉村由焦村所改。如果以此考之，那么蕉村的小路已经2 800年了。这些小路的产生都很自然，前人一走，后人再走，走的人多了，就踩出了小路。小路不规划，不设计，图的是方便和快捷。小路显然支持了祖先的生存和发展，功莫大焉！通婚，通亲，通信，通市，交敌，交和，交娱，交盟，都以小路而成。小路沉积着自有农耕以来的层层叠叠的传统文化。

少陵原上的百余聚落，尽由这些小路连接。关中的所有古镇，乃至九州之城，也由这些小路连接。小路是中国的神经和血管！

二〇一六年八月二十四日，窄门堡

世上有个葫芦沟

梦也

我要给大家介绍的是我的出生地，一个名不见经传的小山村，叫葫芦沟。像这样的小山村在宁夏的南部山区并不少见，一点都不新鲜。

它是一个一面环山、两面临河的圆圆的小山丘，只是相当于把顶部削平了，上面稀稀拉拉地住着三十几户人家。它作为一个村庄的历史大约可以追溯到一百多年前。那时候它或许就是一小块夏天种胡麻、秋天种糜子的台地，再往前推它就是天都山牧场的一部分了——春天青草发芽，秋天牧草摇曳，牛羊穿梭其间，仅此而已。

一百多年前也就是在清末民国时期，我们村子其实就是我们这一道河（麻春河）最大的地主——住在东坡村的赵邦和家的一块台地。东坡村距离我们村有二十几里路，你想想，在这么远的地方都有他家的耕

它是一个一面环山、两面临河的圆圆的小山丘，只是相当于把顶部削平了，上面稀稀拉拉地住着三十几户人家。

地，可想而知他当时的势力范围有多大。小时候我去过东坡村，在赵邦和家住过的那座堡子前还转悠过呢，记得用黄土筑起的堡墙很坚固很高大，只是在厚实的墙面上开着一间小小的门洞。

最先来到我们村的是李子远老人，据说他们一家刚来到葫芦沟时，佃租的就是赵邦和家的这块台地。李子远老人生有五子二女，由于他勤俭持家算是在这块地方生了根，以至不仅有了后来的一百多口人的大家族，也使我们这个村粗具规模，并渐渐有了烟火气。

与别的村子不同，在我们村的南北两端各有一条河绕村而过，一条是来自于天都山上的雪水形成的河——麻春河，一条是从葫芦沟里流出的泉水形成的河——葫芦河。葫芦河绕过我们村子时，就和麻春河汇聚到一起，然后洋洋洒洒地向下游流去，至于最终流到什么地方去我却没有考证过。麻春河在过去河水的流量很大，每年秋季在遇上暴雨的时候，喧嚣的洪水会冲入河道，有力地冲刷着两岸的峭壁，所以在我们村子的东南端就留下了一条很长的悬崖。记得小时候，村子里常有一位老妇人坐在悬崖边哭泣，我们也不知道她为什么哭泣。但是，有一次，她还真的因为想不开而从这个悬崖边跳了下去，所幸并无大碍。

这次回老家，我还专门走到那处悬崖边拍了好几张照片。放眼望去——麻春河早已干涸，很宽的河道里有附近的乡亲们平整出的田地，里面长着低矮的秋庄稼，纵横交错的田垄上长着蓬蒿和一人多高的芨芨草。

葫芦河的命运与麻春河大同小异，在我这次回老家的第二天早上，我特意从三哥家的院子背后一直走到了与村庄相连的这片连绵起伏的黄土丘陵上，向西北方望去，还能看到我小时候到旱地里去拔麦子时常走的那条小道，自然就想起了我们度过的那些艰辛的日子。

我从这座山丘上沿着倾斜而下的山坡，一直走到葫芦沟的沟口，停下脚步，放眼望去，二十多米宽的河道早已干涸，河道上只余结痂的淤泥和裸露的大石头，而一墩一墩的芨芨草却长得极为茂盛。

站在河滩上，我突然想起1973年因干旱而颗粒无收的那个荒年。记得有一天下午放学，当我走到葫芦沟沟口的那座桥上时，看见几乎一村子的男女老少都在河边淘草籽。河边摆满了盆盆罐罐，淘出的黑水几乎染黑了河水。

被村民们拿来充饥的是一种叫作棉蓬的草籽。在过去这种棉蓬连牛羊都不吃。它结下的草籽比胡麻籽还要小，磨成的面十分苦涩。

老实说，在我长到20岁之前的岁月里，一直困扰自己和家人的就是饥饿，而村民们的日子也是不相上下。所以，每每回想起村子里的情况时，脑子里就仿佛在播放一部黑白电影。

如今，两条赖以生存的河流早已断流，从西往东，绵延几十里的麻春河道突然变得沉寂了，尽管在黄昏的时候，还有个别村子里的高音喇叭在播放出音乐声，但给人的整体感觉是乡村变得沉寂了。

随着河水的消失，饮水问题便成了困扰乡亲们的大问题。前些年宁夏水利厅曾出资八十万在我们村子里打了一眼井，深度达三百米。刚开始的时候还能用抽水机抽出碗口粗的水流，随后就慢慢干涸了。现在的村民几乎家家都在大门前筑有一眼水窖，要么去收积雨水，要么去邻村买水，大约一皮囊水（相当于一吨水）得化五元钱。这样的情景在过去是不可想见的，尤其在远古时期更是不可想见。

由于我们居住的地方距离天都山不远，所以在植被还没有遭受到破坏的西夏、元代以及明代之间的六百多年间，历来都是一块水草丰美、盛产良马的天然牧场。即使到了上世纪七八十年代，海原县政府还在天都山上保留着一个军马场的建制。

天都山在我们老家的西面，直线距离不过二十里，视线所及山体隐隐发蓝，仿佛大有深意。它作为一座天然屏障挡住了西来的风沙，尽管如此，每至初冬时节，从天都山那儿吹来的风都有很强的劲道。

天都山不仅是我们这一带最高的山峰，也是海原县境内最高的山峰。它的下面还有一座始建于西夏时期的古城遗址。有一条公路从城池的中间穿过，附近的农人喜欢在公路两边的城池里种植胡麻。在初夏时节胡麻花盛开成蓝色的海洋，尤其是在太阳正红的正午，你要是仔细去听，就能听见每一簇胡麻花都好像是在喊叫着盛开。

关于天都山，古人曾有这样的描述：天都山，高出群峰，延袤百里。冬春之季六畜常飞，自夏及秋，积水不解；卷帘遥望，俨似玉宇琼楼，恨不振衣（欲飞），此第一峰也……自夏及秋，山顶尚有积雪覆盖，这样的情景现在已经看不到了。

西夏时，天都山地区历来是宋军与夏军争夺的焦点，原因是天都山地区素有“畜牧耕稼膏腴，人力精壮，出产良马”等资源优势；其次是天都山地区，地势险要，群峰交错，为南北丝绸之路的交汇处，地理位置十分重要，党项人首领元昊曾一度占领天都山地区正是出于经济与军事上的考虑。

在《西夏纪》中有这样的记述：“有地曰天都者，介于五路之间，乃夏人啸聚之区，凡欲举兵以犯诸路，则必就彼点集，然后仪其所向。以故每一聚兵，则五路不得安枕……”可见西夏时，天都山地区在一定意义上，成了战争的策源地，它就像一根敏感的神经，稍一触动便引起宋朝周身的反应。

葫芦沟作为天都山地区的一个小村子，一定带有历史的烙印，只是我们不容易察觉到罢了。

在回老家的路上，我就像一位初涉这块土地的陌生人，不停地举起手机拍摄公路两边的景色。在树木和田地的掩映间，我尚能观看到坐落在不远处的天都山。它依然具有那么一种隐隐的威严，不仅是因为它的高大，而是因历史和岁月积淀出来的一种由里而外的庄重和威严。

然而，时过一千多年，由于人口的急剧增长，昔日的天然牧场却被一块块的耕地和一座座的村庄所取代，由于植被遭到严重破坏，我们这地方就成了旱灾频发的地区之一。上世纪80年代初，联合国教科文组织的人来我们这里考查，连我们这地方的水都不喝，因为在我们吃的窖水

由于不知，他们觉得天地不大；由于不闻，他们觉得安然自足；由于坚韧，他们能够承受别人所难以承受的一切。

里，从显微镜下观看，可以清楚地看见里面布满了细菌。其实，我们常常也能仅凭肉眼就能看到打到桶里的水面上有细小的蠕动的白色虫子，更不要说其他了。他们为眼中的荒山秃岭叹息、为干涸的黄土地叹息、为沟涧里流出的细如发丝的河水叹息。想不到在如此荒凉的一块地方，竟然还有人类生存？他们的结论是：这是一块不适宜人类生存的地方！

实际上，我们祖祖辈辈就是在这样的地方生活着，面朝黄土背朝天，生儿育女，迎送嫁娶，养老送终，不一而足。由于不知，他们觉得天地不大；由于不闻，他们觉得安然自足；由于坚韧，他们能够承受别人所难以承受的一切。

这次回老家我是带着创作任务去的，所以刚一回到家，我就在三哥的带领下走村串户。我们去的第一家是李国胜家。李国胜是李子远老人的孙子，我和他曾一起在麻春小学上过学。记得小时候，他就是个温吭子，不爱说话。到了他小学毕业升初中的那年，由于成份高的原因没有上成初中，便一直在家务农。为什么要先去他家呢，一方面是因为我与他较为亲近，另一方面是因为他家就住在我们村最高的建筑物——那座土墩（堡子）的旁边。在我的记忆中，这座李姓人夯筑的土墩，还有村子中心的那一棵老柳树，曾一度成为我们村子的象征。

来到他家大门前，已看不见那座记忆中的坚实高大的土墩了，但是在紧挨着他家大门的一边还能看到这座土墩的遗存——只是和墙头一般高了，失去了昔日威严的象征。尽管他家是一座修整得整洁清爽的四合院，但总觉得少了一种东西。在去他家之前，三哥对我说，李国胜家可能还有过去的老物件呢，可进了他家的上房，除了看见干净漂亮的现代化陈设外，已看不到一件过去的老物件了。记得小时候，我在他家院子里的西墙壁上还看到过四五窝蜂，现在，虽然老墙还在，但那几窝蜂早已不知去向。我还记得在某一年的盛夏，他们弟兄三人在他老父亲的带领下，如何在村子正中的那棵老柳树上去收集野蜂时的情景。

李国胜的女人是一位清清爽爽的中年妇女，人非常热情，通过聊天才知道，她丈夫李国胜在距离我们村不远的董家堡子打工。她有两儿一女，都在外地打工，并结婚生子。从她家的院子和住房的考究程度可以看出，她家的生活条件是不错的。

出了李国胜家，我执意要去寻找村子当中那棵大柳树曾经生长过的地方，可是怎么找也找不见。后来三哥带着我，来到了我的发小王敬锋家的大门前。他说，那棵大柳树早就被村人挖了，之后王敬锋家就在原址上垫上了土，修成了这样一个宅院。如今王敬锋和他的弟弟都在外地上班，老院子已无人居住，大门上挂着铁锁，门前还放着一辆报废的红色小轿车。

在弯弯曲曲的村巷里走动，我已辨不出当年的情景了。尽管村子在面积上并没有变化，可是在我的感觉中，好像比过去缩小了，原因可能是每家每户的院子都向外扩大了。

村子给我的整体印象不错，与上世纪七八十年代的情景相比简直不可同日而语了。更重要的是，村民们的精神面貌已由过去常见的忧虑变得更为乐观了。为此，我能够切身感受到一个已解决了温饱，正奔向小康生活的人们的精神面貌是个啥样子。

目前我们村有三十三户人家，总人口三百多人。在包产到户那会儿平均每人分到的旱地有十亩左右，水地有两亩左右。由于常年干旱少雨，我们这里的旱地大多已退耕还林，每亩地每年都能得到国家90元钱的补偿款。还有少数人家在种一些旱地，或是压砂种西瓜或是种一些油料或经济作物，但种地已不是村人的主业了。

就说今年吧，是一个少有的干旱之年。三哥对我说，他今年种的三四亩糜子长到一尺多高时，就被太阳活活晒死。别人家种的玉米也一样，在长到两三尺高时，也被太阳一点一点地晒干了枝叶。今年虽遇荒年却没有发生过去荒年的悲剧，还得感谢改革开放的好政策。因为一方面村里的大部分旱地已被退耕还林，村民们能按时领到补偿款，另一部分原因是村里的年轻人几乎全部外出打工，他们一年的工资收入基本上能维持全家的生活。因此当我来到老家时，虽然遇到近些年少有的干旱，却并没有看到大旱之年的荒凉和凋敝。

时代前进的步伐并没有在我们这个偏僻的小村停下脚步，人们在接受新鲜事物的同时，依然保持着一种少有的淳朴。由于重视教育，三十多年来，我们村前后有十几位青年考上了中专或大学，并在外地工作和成家，他们把对故乡的思念和祝福带到了全国各地，把一份真诚、勤劳和坚韧带到了四面八方。

因此，不要说这个村子小，它可是沧桑巨变中的中国乡村生活的一个缩影。

通往天堂的石梯

梅卓

位于青海省南部的玉树藏族自治州结古镇东约五里的森寨村，北依柏树茂盛的格尼神山，南临涛声威猛的扎喜河水，既是出入结古的北部交通要塞，又是当地人自豪地称作佛法兴隆、人畜兴旺的聚宝之地。

森寨村的名称由很久以前一位富户的家族名“森寨仓”演变而来。在村子中央，传说观世音菩萨三大道场之一的平地上，巍然而立着一组由众多佛殿、佛塔和25亿块洁白石头构成的玛尼石经城，经过300年的不断建设，这座人称“世间第一大玛尼堆”的佛教圣地，于2005年获得大世界吉尼斯之最证书，次年被国务院批准为国家级文物保护单位。近年来，玉树人民完成了大地震后的重建工程，这方见证了历史沧桑的宏伟建筑群，重新焕发生机，向世人展现着独具特色的人文魅力。

一世嘉那活佛用最初的两块玛尼作为基石，搭建了一架通往天堂的石梯，美丽的森寨村因此也世代传递着他的预言：“居住在我玛尼石周围的人们，若是佛教徒得以成佛，若是屠夫得以仁慈，增强诸法无常之信念，再没有比其更能引导众生之大业。”

生于17世纪末的康区著名瑜伽师一世嘉那活佛，应结古寺扎武迈根活佛之邀，前来结古地区传法。藏历十二饶迥木羊年（公元1715年），在森寨及周边众多施主的帮助下，嘉那活佛从“一箭之深”的地底起出两块自显六字真言的黑色玛尼石，从此开始了漫长而艰难的兴建工作。后人为了纪念这位创建者，称之为“嘉那玛尼”。

森寨实际上也因这重大缘起具备了天时地利，对面不远处的多索拉山上盛产洁白如海螺的石头，正好适合雕刻佛像、佛典、佛塔和明咒真言，而大批石刻艺人也应运而生。随着玛尼石堆的扩大和发展，越来越多的信教群众加入到这宏大的队伍中来，转经、供养、布施、祈祷，并逐渐形成许多宗教、民俗节日和活动，玛尼石的数量越来越多，石经城的规模越来越大，知名度也越来越高。

到1955年时，玛尼石堆形成了东西长450米、南北宽100米、高3米的规模宏大的玛尼石经城，并建有佛堂及佛塔、大经轮堂等建筑，占地面积25亩，可惜在“文革”时期全部拆除。1978年以后又陆续恢复，信徒们自觉地运来玛尼石，更多的是森寨附近的很多家庭成为镌刻玛尼石的作坊，一件件工艺精美的作品供奉起来，年复一年，玛尼石经城逐渐恢复到从前的壮观景象。

大大小小的石块上雕刻的文字以六字真言居多，这是观世音菩萨心咒，代表着能够解度六道众生、破除六种烦恼、修持六般若行、获得六种佛身、生出六种智慧等殊胜功德。常诵此咒或转经，能帮助人们关闭六道轮回之门，往生清静刹土获得解脱，更可利乐众生，功德无量。因此，每天清晨或傍晚，都有许多人来此转经朝拜。世人对当地群众在几百年时间持续不断、坚忍不拔地凿刻玛尼石经的精神和所达到的精湛技艺赞叹不已。

彩色的玛尼石都有特定的含义和颜色，白色的“唵”字，蓝色的“玛”字，黄色的“尼”字，绿色的“叭”字，红色的“咪”字，黑色的“哄”字。字字刀法犀利，笔功遒劲，空白处还会装饰吉祥莲花纹。

它们傲立百年，高寒的风雨却无法去掉它们的衣饰。每一种颜色，都代表着一种永恒的理想；每一块石头，都镌刻着坚定的信念。六字真言，饱含着藏人的人生态度和生命哲学，显示着对生存的渴望和无限力量。

多年来，我几乎年年都到玉树，每次去，也必然要看看玛尼石经城。经城每年都在壮大着，每年都有新的变化，形象更宽、更长、更高，镌刻的经文有更多内容，色彩更加绚丽，而工艺也更加趋向完美，形式上大大小小的石块长宽厚薄各不相同。更多的白塔供养起来，更多的经筒转动起来，更多的信徒念诵着玛尼，更多的观光客游走在其中。

所有佛教徒以顺时针方向围绕经城而行。虔诚的信仰在这种周而复始的圆形状态里完成，前生今世、轮回流转，消弭罪业是头等任务，通过世世代代的持咒诵经、积善累福，来达到脱离苦海的终极目标，而通常情况下这个终极目标在一生一世之间是难以完成的，需要生生世世不间断的积累和回向，所以藏人以慢生活闻名于世，因为他们的时间观念完全没有受制于肉体死亡的局限，而是为来生做着积极的准备。

从左边的甬道进入，满世界都是精心雕刻上去的经文，从简单的六字真言到长篇大论的经文，大多染上了赭红的颜色，远望上去，那色彩使人猛醒，书页般的经石嶙峋昂立，仿佛指点迷津的神灵，高远于茫茫人海之上。

有的石板上刻着绿色或白色的度母，纤秀、隽永，举起的手，手上的第三只眼睛，温柔地照拂着有缘、甚至无缘的灵魂。佛的神采是神奇的，她脱胎于人，却超越于人的境界，那举止，那眼神，那尽善尽美的庄严，那无穷无限的本真，那优雅宽容的智慧，凡人的我们，除了敬仰之外，感到的更多的，是爱，是善，是慈悲。

与此相异的是护法金刚像，有大怖畏金刚，密集金刚，等等。护法神像大多线条粗犷，色彩浓郁，面目可怖，执刀持剑，给人一种由畏到敬的感觉。如果你有了这种感觉，神像给你的便不是恐惧或者苦恼，而是了断执念的坚定信心和刚强勇气了。

风吹起了立在玛尼墙后的经幡，那些经幡被风雨腐蚀成了土灰色，但黑色的经文历历在目。据说很早以前，天上的神和山巅的半神半人常常彼此征战，械斗不止，不分胜负，后来佛子释迦牟尼在布条上写满了“胜利”二字，交与神，神由此得来智慧和勇气，终于战胜了半神半人，经幡便诞生了。

绕行到玛尼石堆的右侧，有一排整整齐齐的玛尼经筒，轻轻去转动它们，木筒顿时咿呀啁哳起来，似乎能听到木筒里千千万万张写满六字真言的经卷翻动时的歌唱。红漆的木筒上依然刻着大大小小的“唵玛尼叭咪哄”，转动它们，就等同于念遍了筒上及筒里的六字真言。这是以简概繁的造化，如今很多藏区发展到以水磨转动经筒，以风力转动经筒，来达到脱离苦海普度众生的目的。

六字真言也是佛教秘密莲花部之“根本真言”。包含佛部心、宝部心、莲花部心及金刚部心等内容。“唵”，表示佛部心，念时自己的身体要应于佛身，口要应于佛口，意要应于佛意，认为身、口、意与佛成一体，才能获得成就；“玛尼”梵文意为“如意宝”，表示“宝部心”，此宝出自龙王脑中，若得此宝珠，入海能无宝不聚，上山能无珍不得，故又名“聚宝”；“叭咪”，梵文意为“莲花”，表示“莲花部心”，以此比喻法性如莲花纯洁无瑕；“哄”，表示“金刚部心”，祈愿成就之意，即必须依赖佛的力量，才能得到“正觉”，成就一切，普度人生，最后成佛。藏传佛教把这六字看作经典的根源，主张信徒循环往复吟诵，才能积功德；功德圆满，方得解脱。藏学家的最新研究成果认为，六字真言意译为“啊！愿我功德圆满，与佛融合！”，还有的认为其诗意解释是：“好哇！莲花湖的珍宝！”

藏人相信轮回，相信因果带来的前生和来世。六字真言中的每个字又分别代表着地狱、恶鬼、畜生、天、阿修罗、人，前三种叫做“三恶趣”，后三种叫做“三善趣”。佛教认为，人的生死是轮回的，如果做恶，下世必投胎于“三恶趣”中，如果积善，下世才能投胎于“三善趣”中，但转生“三善趣”并没有完全脱离苦恼，超越轮回，因此，常常口念六字真经，就可关闭自身潜伏的通往“三善趣”“三恶趣”的脉道之门，这样，等到离开这个世界时，就会轻轻松松地走向西天极乐世界。

一世嘉那活佛在建成森寨玛尼石经城的庆典上即兴起舞，编创了180首“嘉那秋卓”的法舞乐曲，可惜大多失传，现在传承下来的有30多种，常常在“嘉那帮庆”等法会上表演。

玉树素有歌舞之乡的美称，驰名中外的玉树藏族歌舞，是一部流动的历史，千百年来流动在玉树这片古老的土地上。其中森寨的“秋卓”舞蹈又独树一帜，有人说当舞者的一条腿抬起准备舞蹈时，观众跑到5里外的结古喝杯茶再回到森寨，舞者的那条腿还没有放下，可见秋卓有着深沉凝重的风格和严谨深邃的内涵。

昂江措老人正是森寨秋卓的国家级非物质文化遗产传承人。他于1945年7月出生在这个古老的村庄，家中有七个兄弟姐妹，他排行老五，父母去世时他只有14岁，那时已经着迷于卓舞，在近乎疯狂的学习、练习中排解着失去亲人的痛苦。

当时村子里卓舞跳得最好的是一位名叫才日的老者，年轻人都围绕着他学习舞技，印象最深的是才日老师常常说秋卓的根本要领是舞者一定要沉着，就像大鹰吃饱后走路的样子，因此表演时最佳年龄应该是沉稳成熟的30岁以后，切忌轻佻。当年才日老师教出了一批学生，最多时舞者有108人，可以同时上场表演。森寨人对于保持传统文化的自豪感可以从一首歌谣中感知到：“别说我们森寨没有乐趣，三种歌舞就是我们的乐趣，别说我们森寨没有宝贝，自显玛尼就是我们的宝贝。”

昂江措老人从年少时跳到现在，其中的甘苦只有他自己知道，夫人笑称他痴迷于卓舞，所有的时间都花在舞蹈上，只要他身体健康，身心愉悦，就会一直支持下去。

秋卓只有成年男子们才有资格表演，传说中这种具有降雨威力的舞蹈，在昂江措老人的带领下，常常从日落跳到第二天日出，也跳到了康巴卫视节目等重要的媒体上，成为展示玉树传统舞蹈的一面多姿多彩的窗口。

老人说许多歌词和旋律深深地刻在脑海里了，有时梦里还在舞蹈，这也是积累功德的事业，跳完一整套舞蹈，相当于念诵一亿遍莲花生大师的心咒，甘露和鲜花就会呈现在心中，虽然辛苦，但却是一件十分美好的事情。

一世嘉那活佛用最初的两块玛尼作为基石，搭建了一架通往天堂的石梯，美丽的森寨村因此也世代传递着他的预言：“居住在我玛尼石周围的人们，若是佛教徒得以成佛，若是屠夫得以仁慈，增强诸法无常之信念，再没有比其更能引导众生之大业。”

一个山村的秘史

罗伟章

乡愁，就是对废墟的敬意。——题记

住在一个什么事也不会发生的地方，容易使人衰老，但千河村人活到七八十岁也不觉老，因为与山有关的日子，总是免不了辛苦。辛苦是人世间最大的事情。

千河村所在的老君山，是大巴山脉的弃子。大巴山从摩天岭出发，斜向东南，一路奔跑，嫌负担过重，边跑边扔下大把的儿女，女儿成为谷地，儿子成为山峰。老君山孤零零地，立于四川省宣汉县的东北角，眼巴巴望着自己的母亲，像个荡妇似的扑向湖北神农架。也不知历经几世几劫，在某个晴朝或雨夕，一行人拖家带口，从大巴山扑去的方向，疲惫地走来。这是明洪武二年事，湖湘民众“奉旨入川”。老君山被母亲遗弃，而今又迎来母亲奔赴地的子民。这群人若再坚持一下，就能走

住在一个什么事也不会发生的地方，容易使人衰老，但千河村人活到七八十岁也不觉老，因为与山有关的日子，总是免不了辛苦。

到沃野千里的川西，到不了川西，至少也能走到有小成都之称的开江县——那只需再翻几座山，再渡几条河即可，但他们太累了，不想再走了。于是止步息肩，安营扎寨，斩荆伐木，寒耕暑耘，鸡鸣和炊烟，捧出一带村庄。

村庄卧于老君山的肚脐眼，也像肚脐眼那样小，小到失去了方位。你可以说，村庄的南方坐落在北方，东方坐落在西方。几块基本平行的台地，刚好建成三层院落，院落与院落间，有竹林相隔，有沟渠相通。村庄的名字，使人遥想先民所来之地，定是水网密布，河汉纵横。他们被迫离开故土，就把故土的名字打进行李，落脚后又含进嘴里。不仅如此，给孩子取名，也大多含“水”，江、河、湖、海，随便一喊，到处都应。事实上，这整片地界，既无江也无湖，自然更没有海。河只有一条，须站到村东黄桷树下，目光沉落至900米深处，才能见到那条瘦弱的飘带，随山取势，弯弯绕绕，绕到天尽头。他们为什么没下到河沿，而是选择了山，推测起来，很可能是出于安全的考虑。为了安全，宁愿开门见山，出门走山。久而久之，在他们的词汇里，没有登山，只有爬山。因山势陡峻，须把自己还原为动物，四肢着地；也没有远处，远处就是高处或低处。但他们已经认了这个故乡：山下河流给予的想象，越来越苍茫；更重要的在于，第一批老人在山里去世了。父母的坟头长着这里的荒草，父母的尸骨肥着这里的土地，这里就是他们的家。

可是另一群人来了。这群人逆水而上，到老君山脚登岸，先到者霸据滩涂，后来者继续上行，一路插占为业，指手为界。当时光越过整个明朝，至这群人出现的清康熙二十五年，绵延的战乱，使川人大多没于荒烟茂草；千河村虽居半山，却也不是想象的那样安全，劫难之后，说“十室九空”显得夸张，但的确大多“见毙群氛”。他们正需要人，并且也知道正攀爬而上的，不是土匪，不是山大王，更不是收拾山河的清军，而是跟他们当年的祖先一样，是被迫迁徙的移民——可恰恰因为知道，让他们恐慌。土匪和军队，都是像篦子那样梳一遍就走，移民却是要住

只有标志性的事物不会变，比如那个寨子，还有学堂，从没离开过千河村；学堂距寨子不过半里地，彼此相望，构成一种象征，一种尖锐的启蒙。

下来的。为这片贫瘠的山野，他们付出了数代人的血汗，这里早已成为他们的家园，不愿交给任何人，也不愿与人分享。一场殊死搏斗，在所难免。

千河村本是杂姓，这时候德高望重的长者出面，说我们村的男人，全都改成一个姓！当然要改成村子里没有的姓，这样才“公平”。姓啥呢？正商议间，有人敲了一声准备战斗的铜锣，好，就姓罗！如此，整个村子变成了一个家族，上下同心，协力对外。

战乱期间，村民在村东二里许，修了碉堡，他们叫寨子，此刻见山下来人，男女老少躲进寨子里，放火铳，投飞石，砸滚木。寨子悬垂下到三十丈处，有条千余米长的弧形山弯，是来人的必经之道，来人就在那里，变得血肉模糊。血水吼叫着汇入大河。死者多为打头阵的男性，他们的母亲和女人上来收尸，哭声恸地，泪如潮涌，这条山弯因此叫了泪潮弯。

但千河村到底被攻破。攻破他们的，有说是移民，有说是政府军。村破之日，是又一场血斗。血斗何时结束，以什么方式结束，连传说也没留下。只留下那个名字：泪潮弯。这名字一直叫到今天。不过，凡入住千河村的，不管先前拥有多么高贵的姓氏，除嫁进来的媳妇，一律改姓罗。当地文化人说，这并非为了形成家族似结构，而是后来人对开疆拓土者的尊重，当然同时也是为了融入。一滴水，再加一滴水，不是两滴水，而是一大滴水。

茅草房变成了土墙房，土墙房变成了木瓦房，却始终是三层院落。人口可能增减，但院落没有。许多年过去，这里也没出过一个地主，村民各自营生。地界却可能应时而变，某块做熟了的土地，换个王朝或政策，或许就划给了别村。只有标志性的事物不会变，比如那个寨子，还有学堂，从没离开过千河村；学堂距寨子不过半里地，彼此相望，构成一种象征，一种尖锐的启蒙。变来变去的只有山林和耕地。千河村人在这片土地上种惯了苞谷，别村拿过去，却种上了土豆，他们就骂，说那些龟儿子当

他们的嘴角嗡动着，是
在无声地哼唱一首古
歌：一寸田地一寸金，
田土才是命根根……

不来农民；当别人的土豆丰收，比种苞谷丰收得多，他们就惆怅地舔着嘴唇，说：那块地本来是我们的。

丰收的时候是那样稀罕。要么缺水，要么缺太阳。水和太阳都是天上的，皇帝也管不了天上的事。饥饿随时醒着，随时要来敲门。在关于四川荒年的记述中，川东北的宣汉县总是在册，宣汉县的普光镇、普光镇的千河村，总是在册。剥树皮，撅草根，靠山吃山。当草木俱尽依然“道殣相属”，就吃土；当可吃的土也吃尽，就坐在墙角望天，让满腹荒凉爬上额头。饥饿就这样植入了基因，在体内世代喧哗。时至今日，千河村人吃饭，必用大碗，去外面作客，若主人用小碗盛饭，他们就着慌，生怕吃不饱。他们把大碗叫“懂碗”，意思是大碗才懂他们的心思，才能为他们提供保证。然而，在那年月，千河村人可以饿死，却不吃人肉。无论老人孩子，死了，都可放心地埋掉，绝没有谁趁月黑风高，去把死人掏出来下锅。同一片大山为他们付出的牺牲，已让他们淌着共同的血脉，而且从形式上，不仅大家都姓罗，还排了辈分，算同宗同族。饥饿再野蛮，也降服不了他们对同胞下口。为他们排辈分的，名叫罗思举，此人父母早亡，家贫无赀，年少时就出山闯荡，最终成为清道光年间的国家栋梁；镇压白莲教起义，让他在历史上面目不清；又因写了本自传，他名垂后世。新文化运动领袖胡适读到这本自传，惊呼这是近两百年来中国最好的传记文学。

同宗同族，自然不能通婚，男女间也不乱开玩笑，更不能苟且。可最终还是发生了苟且之事。那是上世纪70年代中期。因上年再次大旱，春播之后，四个多月滴雨不下，稼禾成草，万木枯焦，千河村人厌倦了靠天吃饭的窘迫，去5里外高山上修水库。那时候，小学生们在作文里写父母和哥姐，用得最多的词是“披星戴月”。就在披星戴月的途中，一男一女生出了爱情。传言四起，由拉手，说到亲嘴，由亲嘴，说到野合。女子上吊，被救下；再上吊，再被救下；第三次上吊，没人来救，绳子却断了。女子对着大山磕头，说山神知道她遭泼了污水，不让她死，也舍不得她死。但她已无法再在当地过下去了。次年春季的某一天，她从开遍映山红的山野消失了。女子消失的第三天，男子也消失了。谁也不知道他们的下落。

千河村埋伏着隐秘的悲伤。

但生活依然继续。三层院落的争吵和欢笑，依然继续。土地下户以后，村里的声音少了，粮食多了。当木瓦房变成火砖房，墙壁更厚，彼此的隔绝也更深。当年轻人纷纷外出务工，当村东的小学被拆并，孩子们只好去镇上念书，千河村就陷入真实的沉默。先祖开垦出的土地，在沉默中荒芜。留守下来的老人，抢着耕种，但他们已经追不上时光。其实老人也所剩无几，他们要去镇上照顾孙子辈。务工的儿女，在镇上买了房——有钱得买，无钱借钱也得买，否则下辈人就结不到婆娘。开始，老人利用周末，都上山来，在老房子生把火，熏熏蚊虫，再去田土里摸摸索索，天黑许久也不归屋。后来两眼昏花，腿脚麻木，只能坐在街角，面朝老家的方向冥想。他们知道，老家的房子正在朽烂，田土正走向更深的荒芜。他们的嘴角嗡动着，是在无声地哼唱一首古歌：一寸田地一寸金，田土才是命根根……

就在这时候，那个因传言出走的男人回来了。在村人的印象里，他是个小伙子，回来的却是个老人。没有人看见他是怎样变老的。他出走，是为找她——先于他出走的女子，但没找到，几十年也没找到。除念叨“她”，他比石头还哑。他回来的是个孤家寡人，看来一直没娶。父母早已去世，房子早已垮塌，都以为他只是看一看就走，谁知他在屋基上搭棚子，是要住下来的架势。当真住下来了。他只种了少少的一点土地，每天的大片空闲，就是从村东走到村西，又从村西走到村东。他这样来来回回地走，走到村子里只剩下他一个人。

但每过些日子，荒败的村庄就会闹热一番，是有人死了，把尸骨送回来安葬。

千河村人不管走多远，死后都要回来，去祖坟里跟先人团聚。

抑或是鸟雀的城镇化

李学辉

一

冯家园子名传四方，应在1938年。作为抗战的大后方，满载着苏联军事物资的车辆在甘新公路昼夜轰响。这条2 925公里的国际公路大通道，仅甘肃境内自红城子至星星峡，就长达1 179公里，其中约1 000公里穿越河西走廊。

鲜为人知的是，从1937年10月至1939年，经这条大通道由苏联、新疆、河西走廊向兰州运送各种军事物资的车辆超过5 260辆。因战时需要，车行到哪里，这条路就修到哪里。千里河西走廊的农民，自带口粮、衣单腹饥，拼挣在公路上。路修好了，民间用牛、马、骆驼拉的大

沿途设了诸多接待站，冯家园子是其中的一个。甘新公路上能数得出的名字中，加了冯家园子。

木轮车却不能上路，否则严惩。

这是一条专用运送军事物资的通道，它的作用，往往被抗战史家所忽略。若没这条通道，中国的抗战史可能得改写。

我的爷爷是筑路队的一员。他叫李奇，生于1908年。彼时正年轻力壮。他曾对我说：饿和鞭子，让许多人倒在了工地上。听到苏联的大轱辘卡车的响声，他们心里就发毛。他因多看了一眼卡车，脖子里被监工的兵丁抽了一鞭，到老都疤痕难消。那只鞭梢上，拴着一枚铜钱。

沿途设了诸多接待站，冯家园子是其中的一个。甘新公路上能数得出的名字中，加了冯家园子。

那时负责河西走廊武威段修路的，是国民党骑五师师长马步青。他是西北大军阀马步芳的胞兄。

普通的冯家园子，因这条路有了不普通的意义。这个接待站，后来成为候车点。冯家园子人把它叫作车马店。

二

时光像鞋，走着走着便烂了。

在大集体时代，我的爷爷曾负责驻守冯家园子车马店达十多个年头。

冯家园子的冯姓并不占优势。武姓占多半，李姓只有三户。

生于1966年的我见证了冯家园子的风风雨雨。在我爷爷看守车马店的时候，我便溜达在车马店中。那时驻店的鲜有机动车辆，大多为胶皮轱辘马车。每当听到鞭梢响，我就知道，有大马车来临了。驾车的被称车户，大多身材宽大，提了鞭子，从车上揪下一个袋子，爷爷便接了，问吃稠还是喝稀，车户不答，又从车下扯出一个菜袋，言吃干洒盐沫子。今日有菜，有肉，炒了，算过大节。安顿好车户，把牲口拴到槽边。带饲料的自添，不带饲料的，爷爷便从草房里去用背篓背了草，让车户验了，添进牲口槽里，再去做饭。

爷爷的厨艺不错，他在凉州城曾跟着一师傅为马神庙的道士做过三年饭。

干洒盐沫子是当时的一种肥饭。把面擀了，用漏勺滤干了水，盛在大碗中，在石臼里把大盐疙瘩捣成沫，洒到面中。车户用筷子一搅拌，喉节急速转动。一大碗面下肚，车户喝一碗汤，拍拍肚子，把碗往灶台上一放，去歇息了。

正眼也不瞧眼巴巴地望着那只空碗的我们。

队长一进门，爷爷便把漏勺在锅里一搅动，鱼儿般漂上来几根面。爷爷用碗盛了，递给队长。队长一望我们，爷爷便喝斥，我们便咽了唾液，走到另一边，去牲口槽中看有无豆料之类的东西。若找到一个两个豆子，我们就像过节。缩到一边，把豆子捏在手心里，待豆子在手掌里叫喊起来，便塞进口中。

一到春天，我们便很少到大车店去。偌大的田野，有着丰富的吃食，有一种叫辣辣的东西，一经春雨，便满地着绿。我们用铲子，小心地剜了根，掐掉缨头。辣辣有点辣，有点甜。有狗屎的地方，辣辣长得特别茂密。乡谚曰：离了狗屎不长辣辣。

好像狗屎还有这唯一的用途。

我们的足迹不能伸到地头。有沟的地方，或者有柳树的地方，是我们的渴望。有一种蜂，一至柳叶摆动，便在上面贴蜜。柳树不高，枝桠多，利于攀援。我们上了树，拽过柳条，抓住有蜜的柳叶放在嘴里吮吸。

队长背了手，手里捏着石头，在地头转悠，一旦我们进地，便用石头砸。若辨明是谁家孩子，家长一天的活就难干了。抑或，广播匣子里就会传出×××家娃子破坏集体财产的字眼，很有震慑力和刺伤力。孩子的家长在上工时总低了头，这种做法，乡人称羞皮。脸皮再厚的家长，也经不起那几个字眼的打击。

时光像鞋，走着走着便烂了。

集体的一切高于一切。包括蚕豆盛开的花，在我们是美味，在队长等人看来，那是集体财产。饿着事小，集体事大，名誉高于一切。偶有油饼吃的队长从没认为油饼是集体财产。

冯家园子的人们便在这种鸡零狗碎中过着一天又一天。

三

我对粉条的认知来源于一辆军用胶皮轱辘大车。那是个黄昏，真的是一个黄昏。我潜在一门侧，望着那些当兵的拒绝用大车店的锅，让爷爷在大车店内支了土坯灶，将一铁桶里注了水，架火烧。待水烧开，下了一捆直硬的泛白的东西。云边的金色远没有这种东西诱人。待他们用碗盛了这软式面条的东西，我窜了出来，盯着那只铁桶。我在耐心等待，等待他们让我爷爷洗刷桶子时，捡拾一根两根来解馋。一当兵的向我挥手，我磨蹭着过去。当兵的让爷爷拿了碗，用长筷给我捞了一碗。我端了碗，望着白成一团的东西在夜幕中逐渐模糊，便用手拨拉起来。

那是我迄今还能回忆起的有数的几个关于吃的东西。

它叫粉条。乡人叫它片粉。每年过年时，才舍得去供销社或大队代售点称一斤两斤。

那时的东西，不用加调料都是美味。

在车马店里，没人提与抗战有关的话题，大多的话题都与吃食有关。甘新公路上跑得最辛苦的是队上派去拉煤的或者由队里分派为自家拉煤的驴车队。

他们的袋里大多为黑面，一到车马店，便取下各自的看不出颜色的布袋，用黑得像老柳树皮一样的手抓了面，积凑到一盆中，让爷爷去和面。黑面不好和，他们也没钱付车马店的费用，大多是用车中装的草料来抵顶。爷爷检查草料不得不细。有的人在草里塞了石头来增重，有的将烂草掺杂，以次充好。爷爷稍一疏忽，便会着道。等来的，是队长的斥咒，还有责罚。

为谁的面白面黑，面少面多，他们都会争吵。有时会握了鞭子，瞪着眼睛，像要吃了对方。爷爷喝一声，他们便闭了嘴。爷爷力大，会些拳脚功夫，在甘新公路的车马店中，有点名气。他们亲自见过爷爷用嘴叼起一毛线口袋煤，用手托举把它架在了车马店门前的一棵柳树上。他们无法取，便央求。爷爷笑笑，跳上树，用力一扯，毛线口袋便砰然落地。

爷爷不会用秩序这个词，但从来没人在车马店里闹事。冯家园子的车马店里秩序井然。

有个斤斤计较的拉煤的，某一夜中敲响了门。爷爷出去问询，说是他跟着驴车队，睡着了，不知咋的，驴拉着架子车顺原路返了回来。待他醒来，已到了车马店前。爷爷笑了，他明了驴车队的把戏。趁这个人睡着，有人把驴车掉了头，在驴屁股上拍一掌，驴便顺来路飞奔，到冯家园子车马店停了蹄。

拉煤的驴聪明，八百斤煤的重量让它会吭哧半个月，百里路，它得塌了腰前行。空车跑起来，又是下坡路，更顺溜。

顺溜是乡间的一个惯用词，指用惯了顺当。

驴的兄弟不叫顺溜，还叫驴。

四

机动车辆一多，住店的人就少了。日子在慢慢好转，下派工作组便多起来。队长很高兴，多了一项活，叫排饭。排饭的人家也高兴，米、面、油由队上供，鸡由队长从社员家提来。平素仅用油搭子（在筷头上缠了布，做饭时浸一下，在锅底绕一圈）闹锅，这回便多能注几滴油。锅油亮起来。懂行情的工作组成员，总要剩了鸡头、鸡爪给这家的孩子。有次派的工作组是城里的，抓了鸡头就啃，倚着门框的孩子哇的

那时的东西，不用加调料都是美味。

一声大哭，孩子的娘问究竟，孩子提着眼泪，指着吃鸡头的大骂：那个驴日的吃了我的鸡头。那个工作组成员很失颜面，队长踢了孩子母亲一脚，孩子母亲抓起顶门杠，朝孩子的腿抡去。下手太重了，孩子在炕上躺了半月。

爷爷一轻闲，兴头就减了很多。我也上了小学，受到了诸多类似刘文学式的教育，认为集体利益确实高于一切，肚子再饿也不到车马店去了。队长家碗里的面条多了许多，白了许多。

车马店的大门歪倒了一扇。爷爷去找队长，队长在炕沿上磕了烟灰，来了句修什么修，车都没有了，修屌。队长抽烟用的是鹰骨烟棒。

那是爷爷的收获。

那时家家户户能养几只鸡了，很宝贝。鹰不知从何处来，老是盘旋在冯家园子的上空。据说是冯家园子的鸡香。一天爷爷去涝池里饮牲口，看到一只鹰扑了一只鸡，在涝池旁的一土堆上狠啄。爷爷手持一鞭子，疾驰而去，猛地挥鞭击鹰，鹰毛四溅。爷爷抢上前去按住了鹰，挥手猛击鹰头，鹰歪头滚下了鸡身。爷爷松了手，一提鹰，鹰爪搭在他的手臂，留下了几个深痕。队长背着手哈哈地转了出来，说李二爷（爷爷排行老二）就是行，趔趄着提了鹰而去。

鹰肉走了何处？爷爷懒得问。乡人不吃鹰肉，这是规矩。队长用鹰腿做了烟锅，别在腰间。有时挥起烟锅，吓唬我们。

我们从来没觉得队长像鹰。

五

我们上学的学校由一座老庙改造而成，叫张林寨庙。教师不多，有6个，学生有300余人。校长是公派的，其他都是民办教师。每到晚上，民教们都回家了，校长一人驻守学校。据说到了晚上，总有鬼哭声。老师怕，我们也怕，校长不怕。一次上课时，庙梁上咔嚓一响，那位年轻的教师扔了粉笔就跑，我们也蜂拥而出。校长急了，赶去踢了教师一脚，将我们赶回教室。

学校要搬迁。我们用的桌凳一直吱吱嘎嘎。两个人坐的凳子，一人稍一松劲，凳子就会歪斜。校长找大队书记，大队书记说木料是现成的，得学生自己去放树。校长问在哪儿，大队书记说：傻啊，冯家园子有两百棵杏树、苹果树、梨树，伐了，做桌凳。那些树木质硬，会磨破学生的裤子，坐几代学生也烂不了桌凳。

大人领了我们去伐树。我们叫放树。一村的人积极性都高，放倒的树，留了主干，其他的可归己。冯家园子是极缺木材的地方，盖房、烧火都用得着。大的盖棚，小的当柴火。锯声、斧声、吆喝声、谩骂声交织，我们比过年还要高兴。正值初秋，树上的果们刚转味，谁家放的树上的果、梨归谁。

我们第一次吃到了园中的果、梨。杏子早在一月前已进城，走了哪里，我们不知道。果、梨不大，皮厚、味足。我曾问过知情者，答曰：明清时它们曾作为贡果。一般人吃不到。1949年后，也是专供果，杏、果、梨一下树，全送到了城里。

那时我们不知道什么叫贡果，在唯一的衣服口袋里装了偷藏的果子，在树的主干上套了绳，顺一条土路拉向修建学校的地方。尘土蔽日，我们快乐异常。我有个同学，老拿出一只红得像太阳的苹果在夸耀，惹恼了高年级的同学。他们在放学路上截住了那个同学，抢了苹果，一人一口，剩下核，塞进那个同学口中，围笑着说：你也吃了，若告诉家长，天天在路上揍你。那个同学哇的一声哭了，将苹果核吐了出来。待高年级的同学走了，他拾起苹果核，也不擦土，嚼了半天。我们问他什么味，他说甜，甜得麻舌头。

六

马车店的又一扇门扑倒在地。队长说关了吧，公路要修成国道，再也没有人在这里住店了。爷爷便卷了铺盖回家。闲暇时，便在巴掌大的自留地里种葫芦、种闹核豆、香豆子一类的东西。

我已进城上学。学校离家20余公里。在很长一段时期，客车票价只有伍毛。到车站售票窗口买票，若说是买走张林村的票，售票员会扔了钱骂，说312国道哪有这个破地方。忙换了口气说是走冯家园子的，售票员把一张票扔出来。猫了腰拾起，捏在手里，不敢装进口袋，怕丢。票面上确有冯家园子四个字。

伍毛钱，值母亲出工三天的日值。

当乡人对土地失去热情并厌倦了的时候，便纷纷外出打工。新修的312国道在冯家园子没留出口。到远方时，须在老国道坐车进城，再去转车。新国道离老国道只有10米，路基高垫，将老国道迫得缩了头。即便在老国道坐车，也得到离冯家园子候车站300米的白塔寺路口等车。上车买票，班际客车上的售票员从黄羊、谢河、白塔寺路口一一报站，即使以前不曾设候车点、人们非常陌生的阳畦那块巴掌大的地方，也有人上上下下。

问车到不到冯家园子，售票员会有些许的茫然，有时会碰到生硬的哼声。说到白塔寺路口，售票员说票价伍元。在这个人口还有1 500多、行政建制叫张林的村庄，冯家园子渐渐淡出人们的口中和视线。滞留在村子或留守或失依的人，在长满蒿草的田地中再也不会把沉重的脚步停下。他们匆匆的身影，在宁夏、新疆的工地上闪现。铺天盖地的鸟雀，找不到水源，找不到吃食，都扇着翅膀进城了。

那里，至少还有成群结队的垃圾。

探秘陈塘

敖超

在苍莽的西藏，有无数个散落在雪山脚下、草原深处的小村镇，这些小村镇以其特有的人文特征散发着淳朴的气息。虽然有些村镇的文化脉络还不甚清晰，但生活在这里的人们仍然以他们特有的方式传承着历史和习俗，并且追赶着时代前进的步伐。

2013年11月初，作为第二批驻村干部，我来到了号称最后一片陆地“孤岛”的陈塘镇。陈塘镇位于喜马拉雅山北麓、珠穆朗玛峰东南侧的原始森林地带，东与尼泊尔塔布勒琼县毗邻，南与尼泊尔桑库瓦萨巴县隔河相望，距我国日喀则市定结县150多公里、拉萨750多公里。

这里，生存着一个独特的人群——夏尔巴人。

他们世居深山老林，过去几乎与世隔绝，在漫长而复杂的历史过程

从藏嘎村往上看去，云雾中几缕炊烟缭绕，吊脚楼红蓝相间的屋顶错落有致，陈塘就像是挂在半山坡上的一座美丽小镇。

中，始终顽强地保持着自己独具特色的民族文化。由于人口较少，1949年后进行民族认定的时候，他们被列为藏族的一个分支。传说夏尔巴人祖先起源于宋朝时期的党项王朝，后来西夏覆灭，他们的后代便逃亡到了深山里的陈塘。

一、长长的阶梯

来到陈塘之前，我们就了解到陈塘山高路远、交通不便、通信困难、缺电少水、食宿条件差等等这些信息，但是一听说这是最后一块陆地“孤岛”，对于我们来说的确太诱人了。按照计划，我们于11月2日从拉萨出发，到了定结县休整一夜后向南行进，翻过喜马拉雅山麓一个海拔近5 000米的叫种拉山的山口，继续南下。沿途先是山谷陡峭，河流湍急，而后灌木丛生，气温潮湿，车行驶在崇山峻岭中，云就在脚下，仿佛我们腾着云驾着雾，如梦似幻般的感觉。到了海拔2 000多米的地方，受印度洋的影响，形成亚热带山地季风气候，这里雨量充足，原始森林遍布，野生动植物繁多，看上去真是一个环境幽静生活安逸的好地方。下午，我们终于到了离陈塘镇还有十余公里的那当村。由于那当村到陈塘镇的路半年前山洪就把路基冲垮了，我们一行只有徒步翻过一座树林茂密的山丘，一个多小时后抵达陈塘镇山脚下的一个叫藏嘎的小村。

到了藏嘎村已是傍晚，从藏嘎村往上看去，云雾中几缕炊烟缭绕，吊脚楼红蓝相间的屋顶错落有致，陈塘就像是挂在半山坡上的一座美丽小镇。夏尔巴人自古至今便生活在这片世外桃源般的土地上。

经了解，陈塘，得名于建设萨迦寺时大量木料经此地运输。陈塘的“陈”，便是“运输”的意思，“塘”是“路”的意思，所以“陈塘”翻译成汉语就是“运输的路”。

日喀则萨迦寺有两幅反映当初修建萨迦寺时的壁画，其中就有描述当时从陈塘运送木材的三种场面：第一种是根据木材的重量由6—10人一起抬一根木头；第二种是给木材装上4个轮子，由七八个人在前面拖；第三种是用牦牛驮。从这些壁画可以看出当时运送木材是何等的辛苦。

从藏嘎村到陈塘镇是向上的水泥台阶，借着夕阳的余晖，我们沿着一个个阶梯开始了往半山腰的陈塘镇攀登，长长的阶梯两旁是一层层金色的梯田；梯田里沉甸甸的鸡爪谷，轻轻的摇曳着。陈塘镇在一座凸字形的半山上，山的左边是嘎玛沟，嘎玛沟茂密的森林里嘎玛藏布河像一个追赶情郎的少女轻声而急促地奔跑者；而右边的彭曲河，则像一个生气的大老爷们咆哮着奔流而下，两条河在陈塘镇的山下汇合后便流向了近在咫尺的尼泊尔。往下看去，就是一个活生生的陈塘版的“雅鲁藏布江大拐弯”！

下山迎接我们的村支书扎西，是陈塘镇里为数不多的在县城读过初中的夏尔巴人，他的汉语说得较好。他介绍说，“以前这条路是上下山的村民和驮牛踩出来的一条通往陈塘镇的便道，泥泞的路面上全是大小不一的碎石，一不小心就摔跤。公路修好之前，镇上的村民对外界所知甚少，后来随着萨尔到陈塘的公路修通后，村民们才逐步了解到外面的世界，生活也逐渐得到改善。”

我们一边沿着阶梯向上爬一边聊着，但是不一会儿，限于体力的原因，我们几个已是大汗淋漓，气喘吁吁，实在没有了攀登的力气。我望着高高在上的陈塘，绝望地问扎西还有多久才到。扎西看了看我说，这阶梯总共有1 764级，目前我们才爬了不到三分之一。

这时，阶梯上都是急速行走的背夫，他们背负着几十斤的货物轻松地行走在长长的阶梯上，这支队伍成了这里一道独特的景观，从几岁的孩童到七十岁的老妇老翁，都是这个队伍中的一员。夏尔巴人是因为为攀登珠峰的登山队充当向导和背夫而闻名于世的。如今，在每一支攀登珠峰的队伍中，几乎都能看到夏尔巴人的身影。他们担任着向导或搬运工的工作，可以说是珠峰让世人认识了夏尔巴人。

一听说我们还没爬到三分之一的阶梯，大家更加绝望了。我疑惑地问扎西当初为什么不把公路修到镇上，何必还要爬这1 764级台阶呢。扎西说，2001年，萨尔乡到陈塘镇的公路开工修建；2012年，萨陈公路最终只修到藏嘎村。陈塘镇山陡地少，老百姓嫌修了公路占了地，所以大家一致要求修了这长长的台阶。何况夏尔巴人常年深居深山，自幼便已习惯奔走在这崎岖难行的山路上，这规整的阶梯对于他们来说，就是行走在平坦的大道上。

扎西接着说道，在陈塘到萨尔的路还没有修通之前，有一位专注生态环境保护的外籍人士反对修这条路，也有人跟着鼓噪，理由是修好了公路将造成对生态的破坏。其实他们在享受现代化的同时，却让陈塘人停滞于原始的生存状态，这究竟是一种什么样的心态？

当然，在上世纪90年代，陈塘一位政协委员两次提案，请求上级部门给陈塘送一架直升机，以解决陈塘的交通问题。这一“异想天开”的提案，反映了一代又一代陈塘人渴望走出大山的梦想。

二、暖暖的鸡爪谷酒

经过两天的休整，在村长的陪同下，我们开始了入户走访工作。

在陈塘，夏尔巴人通常使用三种语言，一种是夏尔巴土语，一种是尼泊尔语，还有一种是藏语。我们入户走访，是由一同驻村的藏族同志把我说的汉语翻译成藏语，再由村长译成夏尔巴土语；反过来则由村长把夏尔巴土语翻译成藏语，再由驻村的藏族同志把藏语翻译成汉语。

当天的入户走访结束后，我们受邀来到了村长家，村长就问我们要不要喝鸡爪谷酒。驻村之前就对鸡爪谷酒有所耳闻，知道鸡爪谷酒都是他们自酿的酒，度数不高，但后劲很足。我是好酒之人，这种机会岂能放过！无论如何也要尝尝。

见我大方地点头表示要喝鸡爪谷酒时，村长便劝其他队员说：“到陈塘不喝鸡爪谷酒，就不算到过陈塘。”他的话音刚落，只见村长儿媳从柜子里取出几个包着银边的木桶，木桶直径大约10厘米、高约20厘米，我想，这就是装酒的器具了。紧接着，她又取出几根比筷子略粗的竹管，一并用开水洗干净。

看着这么大的木桶我不禁想起了在拉萨过藏历年时喝酒用过的那种能装3听啤酒的大碗，这可是比那大碗还要大的桶呀！这一桶酒怎么能喝得下去？但是酒在哪里呢？正在疑惑间，村长儿媳提出来一个大塑料桶，打开桶盖，用木瓢舀起一些深红的东西倒在木桶里，最后才知道，这是鸡爪谷的酒糟。接着，她又往木桶里倒开水，然后在木桶边抹上糌粑表示祝福的意思，最后将竹管插在木桶里，在我们每人面前放了一桶，示意我们“喝”酒。

我虽然喝过很多地方的酒，但还没见过这种“喝”法，只好请教村长。村长比划着说，先用手指按住竹管的一头，往木桶里插几下，这样竹管里就会吸上一些酒，然后将竹管倒过来，松开手指，倒掉竹管里的酒，这样相当于将竹管清洗了一遍。再将清洗过的竹管插入桶中，就可以开怀畅饮了。我试着轻轻吸了一口，一阵呲呲声酒便吸到了嘴里。酒是温热的，酸中带甜，味道比较淡，入口很舒服。

村长说，这是自家刚酿的酒，度数不高，放心喝吧。说着，他双手捧起木桶，跟我们一一“碰杯”。大家捧着这么大的木桶“碰杯”，个个都像梁山上的好汉。

村长儿媳站在一边，她见我们的酒喝得差不多了，就帮我们添开水。一般来说，可以加10多次开水，直到木桶的底部有了温度了，酒糟被开水稀释到没有酒劲了，才算把这桶酒喝完，然后再重新换上新的酒糟。这一晚，我喝了五桶，浑身滚烫略带醉意回到了宿舍。

喝鸡爪谷酒可以一人一桶，自斟自饮；也可以四五个人一桶，团团围坐，一边聊天一边喝酒。这种独特的饮酒方式，可以加强人与人之间的感情交流。

书上记载，鸡爪谷又叫龙爪稷，起源于非洲。它还有很多别名：龙爪粟、鸭足稗、非洲黍等。夏尔巴人称鸡爪谷为“芒恰”，称鸡爪谷酒为“芒羌”。鸡爪谷是一种热带耐旱谷类作物，属于禾本科。鸡爪谷秆高1米左右，叶鞘有脊，叶片较宽，穗常作弓状弯曲，形似鸡爪，由此得名。在西藏，鸡爪谷多分布在海拔2 500米以下的暖湿地带，包括林芝的墨脱、察隅、波密和日喀则的吉隆、定结、聂拉木等县。

据医书所载，鸡爪谷用于补中益气，主治肠胃疾病。此外，据说夏尔巴妇女生小孩奶水不足时，喝鸡爪谷酒，可以增加奶水；外出累了，回家之后喝一桶热热的鸡爪谷酒，可以消除疲劳。

陈塘的夏尔巴人性格温和，如鸡爪谷酒，没有白酒的浓烈，却更多了几分世故人情的温暖。在陈塘镇驻村的半年时间，夏尔巴人快乐的笑脸、友好的眼神、单纯的思想让我的内心时刻能够感受到一种巨大的幸福。

三、忙碌的巫师

清脆的牛铃声，唤醒了陈塘的清晨，推开门只见山对面的瀑布奔流而下，山野间泉流潺潺，云雾缭绕的陈塘如墨浸的国画铺展在眼前。暖湿气流形成的那时散时聚的雾霭迷蒙把这山上小镇缠绕得如梦如幻。

和村支书走在崎岖的小路上，偶尔遇见几个背水的女孩，她们却先要为我们让道，羞涩的眼神里满是真诚的笑意。看到这，我倒是惊慌失措赶紧避让一旁，让负重的她们先行。

村支书指着一个漂亮的背水女孩的背影说，她的母亲就是当地很有名气的女巫。听到女巫这个词，我马上就联想到电影里那些全身颤抖不已念念有词的女巫的样子。

村支书说，每年六月和十一月份，镇里每家都要轮流举办两次宗教活动，每次活动持续三个月。六月是在夏营地，十一月是在冬营地，冬营地指的就是陈塘镇。镇上居住着三个村的村民，每逢冬天他们就从夏营地回到冬营地，我所在的雪雄玛村就是其中的一个。雪雄玛村的夏营地则在十几公里以外的地方。听了村支书的介绍，才知道每天晚上村委会西头一栋小楼里传来急促的鼓声，原来是在举行宗教活动。那急促的鼓点忽高忽低隐约伴着诵经声，回旋在山涧之中，让我们穿越到了那遥远的年代。

好奇的我，恳请村支书带我去看看做法的女巫。

村支书领着我穿过一个小巷，听到有鼓声，便循声而去，上到二楼，看见一个头戴“五佛冠”身着绣花法衣的妇女。她坐在墙边，面前摆着一个小桌子，桌子上放着一个铜盘，里面盛着青稞等物品，旁边有一个盛满水的小瓶子。她口中念念有词，左手拿着一个鼓锤，有节奏地击打着一面鼓；右手边上是一个佛龛，上面摆着糌粑与酥油做成的供品。

我想这就是村支书所说的女巫吧。只见女巫先是念念有词，然后一下站了起来，抓一把盘里的青稞，走到房子的中央，一边跳，一边念，一边往四周虔诚的信徒身上撒着。撒完青稞后，又走到桌前，拿起桌上的小瓶子，再把瓶中的水往他们头上洒去。

这位女巫做法的时候，眼神游离飘浮，没有焦点。我暗自猜想这是不是神仙附体的表现。

在陈塘称女巫为“堪卓玛”。这位堪卓玛皮肤白净，和常年奔波在外或田间劳作的夏尔巴人不同。

村支书告诉我说，要成为堪卓玛首先要具备与他人不同的灵气。其次，才是等待机遇。

这位堪卓玛十几岁的时候，得了一场大病，昏迷了好几天，怎么也治不好，说是精怪附体。最后请了一位堪卓玛，也就是她后来的老师来施法，终于让她恢复了正常。老堪卓玛见她长相灵秀，便收她做了徒

清脆的牛铃声，唤醒了陈塘的清晨，推开门只见山对面的瀑布奔流而下，山野间泉流潺潺，云雾缭绕的陈塘如墨浸的国画铺展在眼前。

弟。

她先是跟着老师学习相关的仪轨内容，招唤神灵附体，经过几年的学习和实践，她终于成为一名合格的堪卓玛。老师离世之前，把自己所有的法衣、法器全送给她，让她继承了自己的衣钵。

在半年的驻村时间里，我慢慢了解到，堪卓玛做的每一场法事都是不一样的。神灵附体后，她就变成了另一个人，能念出她平时记不得的经文，做出她不知道的举动。一次法事一般要进行12个小时，从下午两三点持续到凌晨两三点。这样高强度的体力支出堪卓玛并不感觉累，第二天还要担负起家庭主妇的责任，从事家务劳动。

“为什么不累，因为做法的不是我，而是神灵通过我的身体在做，所以我不累。”堪卓玛如是说。可是究竟是什么神灵附体，她却说不清。

陈塘镇夏尔巴人信仰的宗教分为两种：一种是佛教，一种是苯教。堪卓玛和洛苯分别属于苯教的一种。目前，陈塘镇包括喇嘛、苯教等在内的从事宗教活动的有20多人。镇上唯一的一座寺庙伟色林，是喇嘛专门的活动场所，有两名喇嘛的编制，接受政府民族宗教事务管理局的管理，算是其中的“正规军”。陈塘没有苯教的编制，也没有组织与机构对其进行认证和管理。陈塘的喇嘛是世袭制、职业化，平时住在家中，与老百姓一样生产劳作，娶妻生子。喇嘛的称谓只是当地人对藏传佛教僧人的一种称呼，与严格意义上的喇嘛有所不同。而苯教中的洛苯在做法时更像一个舞蹈家在表演，宽大的法衣与长长的衣襟给人一种狂欢乱舞的感觉。这种早在吐蕃时期就存在的巫术，穿越时空隧道，又一次活生生地展现在我们眼前。

四、爱美的夏尔巴人

夏尔巴人没有文字，但独特的地域和淳朴的民风，使夏尔巴人保留了自己传统的习俗歌舞，用以颂赞祖先、教育后代、倾述爱慕、欢庆婚嫁等。这些非物质文化承载了夏尔巴人太多的历史。

有一首民歌就是来歌颂她们的穿着打扮的。歌词大意是：“夏尔巴姑娘穿什么都好看！头上戴着孔雀帽，长长的辫子上戴着银夹子，珍珠玛瑙胸前佩，五彩邦典腰间围，夏尔巴姑娘穿什么都好看！”这首民歌夏尔巴人传唱了一代又一代，对自己的美丽充满了自信和骄傲。

陈塘夏尔巴人的服饰，独特之处就在她们所戴的帽子，他们把对大自然的崇尚，对家乡的热爱和对美的追求都集中在这顶帽子上了。帽顶象征宛如仙境般的湖泊，帽檐象征了连绵起伏的群山；银色和蓝色花边象征蓝天白云，圆形的银币镶边象征了雄伟的珠穆朗玛；帽顶上插的鲜花和孔雀毛分别代表了动物和植物，它也象征了美丽的世界鸟语花香；垂在一边的银链子和珍珠链子就形象地演示了奔腾的河流和飞流而下的瀑布。

陈塘夏尔巴妇女手腕上戴的白色大海螺，夏尔巴人叫“铜古”，是夏尔巴女孩长到5岁时，由母亲亲手为她戴上，希望她一生平安、健康、长寿，也希望她的一生能够像这白色海螺一样清清白白。陈塘夏尔巴妇女的服饰穿着与藏装样式大致相同，由于气候温暖湿润，质地多为薄裙，腰间与藏族妇女一样除围着邦典以外，她们还把自己编织的五彩四方氆氇紧紧围在腰间，越发显得她们婀娜多姿、美丽动人。陈塘夏尔巴是个非常爱美的民族，走在路边山间时总会摘几朵野花插在鬓边或帽子上，感觉自己就是天下最美的人了。

藏族人民用洁白的哈达迎接远方的客人，而到了陈塘，热情纯朴的夏尔巴人会用漫山遍野的各色鲜花结成花环，手捧夏尔巴人特有的醇香的鸡爪谷酒，唱着动听的民歌，跳着动人的舞蹈迎接远方的客人。

未来的陈塘不再是孤岛。

花儿盛开的村庄

陈予

愉群翁村是位于伊犁河北岸的一个以回族人为主要居民的村庄。愉群翁是维吾尔语“三个十户”之意。愉群翁村也是愉群翁乡政府所在地。清朝政府在新疆实行屯田，分为兵屯、回屯、遗屯等，清朝乾隆年间愉群翁为伊犁回屯屯田之地，最初有三个以十户为单位的居民点分散在这一带屯田，此地因而得名愉群翁。伊犁河北岸地势平坦，河渠纵横，土地肥沃，是伊犁农业开发较早的地方。18世纪初陆续从南疆迁到伊犁屯田被称为塔兰奇的维吾尔农民最早就在这一带种地为生。19世纪晚期沙俄侵占伊犁达十年之久，他们交还伊犁之后，裹胁许多维吾尔农民迁入俄属哈萨克斯坦境内，致使伊犁河北岸回屯村落荒弃，来自陕甘的回民迁入此地，还有一部分在新疆历次战乱中流落到中亚一带的回

愉群翁是一个绿色环抱中的村庄，因而绿色是其引以为自豪的主色调：绿色的田野，绿色的街巷，绿色的庭院。连村子里回族妇女身着的裙子都是绿色的。

民回迁，以马、闫、邓三姓为主，逐渐形成这一带以回族居民为主的村落。全村现有村民2 029户，人口9 084人，其中回族约占人口三分之二，维吾尔族约占五分之一，汉族约占十分之一。两百多年间，三个十户人家的小村落发展成为九千多人的大村庄。这种人口规模的村庄在内地算不了什么，但在新疆却是不折不扣的大村庄了。

从伊犁哈萨克自治州首府伊宁市到伊宁县愉群翁乡愉群翁村也就是二十多公里，218国道穿村而过，交通十分便利。到过伊犁的人都听说过这样一句话“不到新疆不知中国之大，不到伊犁不知新疆之美”，这也是近些年伊犁旅游部门宣传推介伊犁的一句广告词，虽是广告词，但并不夸张。这里有辽阔的草原，近处的有位于伊宁县托乎拉苏草原，远处的有那拉提草原、库尔德宁草原、喀拉峻草原、夏塔风景区……这一切都得益于西天山的冰山雪峰，源于西天山无数沟谷的涓涓细流汇集而成大大小小的河流，喀什河、巩乃斯河、特克斯河，三河在雅马图交汇，形成了著名的伊犁河。作家张承志多次到过伊犁，对伊犁情有独钟，他在一篇名为《不写伊犁》的散文中把伊犁与德国的巴伐利亚作了一番比较，认为两地最为相似。伊犁河两岸是上帝恩赐给伊犁人的一片福地。愉群翁村幸运的就在这片福地之上。

走进愉群翁村，街巷两旁笔直高大的白杨树让人第一眼就能认出这是新疆的村庄而不是甘肃、宁夏的村庄。甘肃、宁夏的村庄也有白杨树，但黄土高原上的白杨树没有新疆的白杨树高大，因为缺水，树叶也不像伊犁的白杨树树叶那么绿。到一个地方，只要看一眼树叶就大体能知道这儿的生存状况，位于天山以南的新疆南疆地区年平均降水量为20毫升-30毫升，伊犁河谷的年降水量为400多毫升，与中国中部地区差不多。别小看降水量这个气象专业的术语，它决定一个地方的色彩，也关系到一个地方人民的情绪和幸福指数。愉群翁是一个绿色环抱中的村庄，因而绿色是其引以为自豪的主色调：绿色的田野，绿色的街巷，绿色的庭院。连村子里回族妇女身着的裙子都是绿色的。

愉群翁村最具特色的是回族饮食文化街，这是伊宁县愉群翁乡为了让农民增收，发展乡村旅游规划的街区，也是愉群翁村的核心街区。街区以葡萄长廊为中轴，两旁分别为和谐巷、花语巷、团结巷、幸福巷。巷子里道路两侧绿树成荫。农家小院家家是单门独户的乡村别墅，屋前葡萄架两侧栽种着月季玫瑰牡丹等鲜花和桃树、李树、杏树、苹果树，院后是菜地，种着茄子、辣子、西红柿、黄瓜等伊犁人夏季最喜欢吃的蔬菜。后院有砖砌的牲口棚圈，可以养牛养羊。住在这些小院中的村民，让我这个城里人除了羡慕还是羡慕。

小院里瓜果飘香，鲜花盛开。门前是宽展洁净的柏油路，柏油路两旁除了伊犁人喜欢的白杨树，还种有各种果树。农家小院的白墙上是乡村画家们画的伊犁风光、回族民间故事、历史人物、民俗风情油画，营造出浓郁的回族风情，也让人看到了新农村建设的成果。

愉群翁村的村委会支部书记马强是一个28岁的年轻人，毕业于新疆职业技术学院，学的专业是动物医学，毕业后分到伊宁市武装部应急分队，2012年参加公务员考试，考到伊宁县愉群翁担任统战兼宗教干事，2016年6月被选为村委会书记。这位年轻的村支书毫不掩饰作为愉群翁村民的自豪，他说，过去一说谁是农民就好像低人一等，抬不起头来，年轻人介绍对象一听说对方是农民连面都不见了。现在可不一样了，现在我们愉群翁村的村民生活一点也不比城里人差。城里人有的我们有，城里人没有的我们也有。城里人能住上两室一厅三室一厅的房子已经很满足，我们村民家家户户有自己的院子，住的是别墅，餐桌上的水果蔬菜都是门前屋后自家种的。在城里除非那些大老板才能住别墅，才能拥有一小块菜地。他说的是大实话。听小马书记说，愉群翁村的农民文化体育活动在县上一向也很有名，篮球队不仅在乡上县上州上都打过比赛，上个世纪六七十年代曾代表过伊犁州参加新疆农民运动会，拿过全疆的第四名。村民闫世明、马凯雄曾是篮球队的风云人物，也是村里家喻户晓的体育明星。2013年愉群翁村的篮球队和美国青年篮球队还打过一场友谊赛。在我的印象中打篮球的人个子要高。我问小马书记村里小伙子个头是不是普遍都高，小马书记说，那倒也不是，村里人就是喜欢打篮球，为此还被国家民委授予“中国少数民族特色村寨”的称号。正是因为愉群翁村有这个传统，对口支援伊宁县的江苏省为愉群翁村援建了一座室内体育馆，馆内设有篮球场、羽毛球场、乒乓球场，室内体育馆主体已建成，室内装修也已进入尾声，年内就可投入使用。在伊宁县乃至伊犁州有室内体育馆的愉群翁村应该是唯一的一个。

愉群翁村的篮球运动远近闻名，近几年愉群翁村的花儿演唱会也搞得有声有色。2016年9月27日“丝路花儿红——西北五省区花儿演唱会暨第五届新疆回族花儿邀请赛”在愉群翁举行，来自西北五省区的9名歌手参加了开幕式，七十多名新疆歌手同台竞技，异彩纷呈。台上歌手引吭高歌，台下千余观众热情高涨，伊宁县本土歌手张占宝演唱的一首《雪白的鸽子》引来阵阵掌声，演唱会让愉群翁村上了报纸，上了电视，再一次露了脸，出了名。

说到愉群翁的花儿，绕不开王柏康，我叫他老王。老王五十多岁，毕业于伊宁县师范学校，当过乡村教师、大队干部、乡镇企业厂长，现在是乡文化站副站长。在愉群翁乡王柏康是个名人，之所以出名和文化站副站长这个头衔无关，而是因为他是一个老百姓喜欢的花儿歌手。据老王自述，上世纪70年代他在县上读师范的时候开始接触花儿，是新疆最早把花儿搬上舞台的人。上世纪70年代，受维吾尔族歌剧《艾里甫赛乃姆》影响，当时也就二十出头的王柏康用花儿对唱形式创作了《牙古拜和法士买》，在伊宁县、霍城县巡演，赢得好评。那时候唱花儿的人少，获奖歌手也就是发个坎土曼、镰刀作为奖品。上世纪70年代中期，愉群翁是全疆第一个举办花儿的乡。一般不了解的人都以为花儿就是回族人唱，其实不然，除了回族，汉族、藏族、裕固族都唱花儿，以甘肃河湟花儿、青海花儿最有名。文章论篇，花儿说令，比如《莲花山令》《花花尕妹令》《白鸽子令》《河州大令》，河湟、青海花儿有两百多令。民间传唱的花儿内容多为男欢女爱之类的村野之辞，唱词粗俗，称为“野花”，登不了大雅之堂，就是在乡野之间也难受人尊重。“白杨那个树上你不要上，恐怕那个树杈挂呢；进那个村庄你不要唱，恐怕老汉骂呢”，从这两句唱词中也能看出来。上了年纪的老新疆人多少都能唱几句新疆小曲子，比如大家都熟悉的《五哥放羊》《五更盘道》《出门人》。新疆小曲子源于陕西眉户剧，在河湟花儿、青海花儿的基础上，伊犁人结合新疆小曲子，借鉴维吾尔族音乐的快节奏、哈萨克族阿肯弹唱的幽默，创造了伊犁回族花儿。老王不仅是花儿歌手，他还会写，他创作的《走进伊犁回回家》深受伊犁回族群众喜爱，也是花儿会上的主唱歌曲。在愉群翁，除了老王，能唱花儿的还有十几个。可以毫不夸张地说，愉群翁已成为新疆花儿之乡、花儿之村。

跟着老王随便走访了几户回族村民的庭院，来到任何一户人家，首先端上来的就是盖碗茶。大柳是因为茶具是小碗，碗上有盖子，回族人也叫盖碗子，当地还有人把这种茶叫“三炮台”。“三炮台”对茶具、茶叶、沏茶的开水都有讲究。有些讲究的人家，茶碗必须是景德镇的；沏茶最好有泉水，其次是井水。现在乡村里喝泉水、井水的已很少，家家户户用的都是自来水，沏茶也只好放低要求，用自来水了。沏茶的自来水一定要滚开的水。将开水倒入细嘴铜壶中，揭开碗盖，放入茶叶、桂圆、冰糖（也有放红枣的），手提铜壶，将开水倒进茶碗里，盖上碗盖，将茶碗送到客人面前。喝茶时一手托碗，一手握盖，并用碗盖顺碗口由里向外刮几下，刮去面上漂浮的茶叶末子。碗盖斜着，留出一道缝，用嘴吸着喝，不能拿掉碗盖去吹飘浮在茶水上面的茶叶，不能一饮而尽。要嘴对着留出的缝隙，一口一口吸着喝，边喝边添开水，循序渐进。喝茶不同于喝水，喝茶讲一个“品”字。在我看来，“三炮台”最有回族味。不知道其他地方的回族喝茶是不是也有这么多讲究。由于不经常喝“三炮台”，我对碗盖与碗之间的缝隙把握不住，不是碗盖斜得太紧，就是碗盖盖实了，吸不出茶水了，看着身旁老王喝茶得心应手的样子，自己多少有些惭愧。喝“三炮台”，唱花儿在愉群翁村回族人家是少不了的，口腹之乐，尽在其中。“喝一口盖碗茶，难忘呀回回家。离开了回回家，难忘呀盖碗茶”“花儿本是心上的话，不唱由不得自家；花儿本是心中的情，唱它不出心里像猫抓”。

秀水秀

汤松波

秀水，一个长在岭南村庄的名字。

第一次走近她，是2011年参加广西文联系统内的一个现场会，匆匆相逢，惊鸿一瞥，由此结缘。后来，在一次次笔会采风中有机会再三融入这座古村秀雅古朴的自然风光和她鲜为人知的人文故事。人生若只如初见，初见若是美好的，这美好便会在此后的相见中发酵得越发醇厚芳香，人、事、物、景观，大抵如此。这些美好的感受，从我的笔端流淌而出，凝成了《天贺之州》音乐专辑同名歌曲中的歌词：“……秀水田园里，风雨总缠绵。茶香千里暖天涯，酒浓情深山水间……”凝成了组诗《诗意贺州》之《秀水》：“……在秀水，秀峰兀立不语/灰墙黛瓦间，风不静，心不止/古老的蝴蝶歌融于了时尚的主题/而我，也沿着古典

因其古居成群、古建繁多并历朝同存，又可称为“多朝代古民居露天博物馆”，是书画摄影艺术写生创作的最佳原生态基地。秀水，有足够厚重的底蕴承载起“中国历史文化名村”这个称号。

的词，开始了现代的造句……”

秀水，始建于唐开元年间，至今已有1 300多年的历史。据《毛氏族谱》记载：毛衷乃浙江江山县人氏，唐开元十三年由刑部郎知贺州刺史，由贺临富，道经富川秀峰（今称秀水），见其山川之秀，地相灵蕴即曰：此为圣地，居择于此，我族后世当有贤豪者出焉。于是，毛衷恪守初衷，离任后果然自浙江江山县携妻带子到秀水安居建寨，成为秀水村毛氏始祖。历经唐、宋、元、明、清五个朝代和民国时期——其实可以追溯到更早，据专家考证，公元前220年，秦始皇时期修筑的潇贺古道（贺州段）西线就贯穿于此——沧海桑田，秀水依旧。

秀水之秀，在乎人文与自然的高度和谐，在乎历史文化与现代田园的精美映衬。漫步村中，飞檐翘角马头墙，素瓦灰墙万字窗，一股灵秀古朴之风扑面而来，“东江浪暖”“灵山绿麓”“秀江飞虹”“江滨人家”的田园风光乡愁尽染，古色苍苍的民居与青翠欲滴的山水相拥，渲染出“梦境家园，古韵诗画”的意境。经业界认证，秀水拥有世界最优的人居环境，华夏一流的氏族风水，岭南最佳的水乡风光，八桂冠甲的田园风情；因其古居成群、古建繁多并历朝同存，又可称为“多朝代古民居露天博物馆”，是书画摄影艺术写生创作的最佳原生态基地。秀水，有足够厚重的底蕴承载起“中国历史文化名村”这个称号。

秀水古称秀峰。沈括《梦溪笔谈》曰“天下奇秀”；《徐霞客游记》曰“秀出半天”——秀，指人的容貌姿态或景物秀丽，重于内在的气韵。秀水钟灵毓秀，山美、水纯、林郁、气清，这个“秀”字是妥帖自然的。村中有秀峰青龙山、鲤鱼山、东头山，无不重嶂叠翠；有秀水东江、青龙湖、仙娘泉、秀江河，皆辉明若镜。峰环水绕，相映成趣，村中东江河畔阁亭里的山墙照壁上，“山水丰腴”的字匾，便是对此间自然景观峰水并秀的高度概括。然而为何改“秀峰”为“秀水”？渊源未及考证。我猜想，这或许跟古村秀水地处瑶族地域母系社会的文化遗脉有关。“峰”是挺立是雄起，有阳刚之气，“水”是蜿蜒是缠绵，有阴柔之美，由“峰”而“水”，赋予古村温婉柔媚、娴雅多姿的女性形象。

水，不仅是生命之母，更是智慧之源。黄河之畔，老子与孔子在浩荡的水声中，有过一段关于大德的讨论，惊涛拍岸，激浊扬清，成就了儒道共通的至理“上善若水”。在秀水，水的澄澈，水的润泽，水的鸣唱无处不在，与秀水人的日常生活如影随形；江河、沟渠、溪流、水井、泉眼、池塘，水大象无形，以她的清透明澈映照着秀水人的心灵。青龙湖堤畔，两岸青山相对出，一派光明入襟怀，清澈平静的湖面，犹如一面镜子，可见湖光倒影，美若仙境，可鉴世间万物，巨细靡遗。“仙娘井”水质清纯，春夏秋冬不涨不消，永久持平，每秒涌水量在0.7立方米左右，常年不息无私地奉献给予，以母性之爱灌溉出秀水村近600余亩农田的四季丰稔。“仙娘井”边，始建于宋、重修于明的古戏台，台口檐下悬着的巨匾，上题“如斯夫”墨迹赫然，逝者如斯，不舍昼夜，时光如水，转瞬即逝，历史的大幕下，一代代珍惜时光、奋发有为的风流人物在天地大舞台粉墨登场，伴和着鼓乐丝竹之声，戏台下的井泉以奔涌不息孜孜不倦的姿态勖勉着人们……无论涉水而过或是傍水而居，汲水灌洗或是临水冥想，秀水人无时无刻不浸润洗礼在水的“道”与“理”中。

仁者乐山，智者乐水。秀水照大千，滋养出一代代智慧贤德之士。不同于别处景区多闻神奇怪力的传说，在秀水，流传最多的，是关于状元、进士的故事，驻足在村中街巷里那些古香古色的民居门前，一块块“状元及第”“进士及第”的牌匾映入眼帘，无声地昭示着这座古村的鼎盛人文。据《富川县志》记载：自唐以来，秀水村前后出了毛茵、毛永晋、毛安期3位神童，有毛焕、毛奎、毛亮等26位文武进士，更有南宋乙丑科状元毛自知，在中国古代科举制度下产生的508位状元里跻身“广西十大状元”之列。所以，秀水文明礼教赫赫有名，素有“状元村”之称。古代秀水，教育蓬勃，学风蔚然，书院林立，彦俊辈出。宋朝时，秀水以一村之力供养山上书院、鳌山书院、对寨山书院、江东书院等四所书院，汇聚学子数百之众，求学者近及富阳、钟山、桃川，远及湖南、贺州。如今，秀水八房村的古牌楼前，“江东书院”的古碑依旧，笔法俊逸，记载着当时桂东湖南一带设立最早、规模最大、最具影响力的书院的荣耀。宋嘉定十四年，秀水进士会稽太守毛基创立此书院，当日，毛太守饱蘸浓墨，酣畅淋漓地直抒胸臆：“孔壁三千徒，励精治学，窗外扫开牛斗室；虞庭十六字，严明施教，江东凿破圣贤心。”并以此手书楹联作为“校训”张挂于书院大门。书院清幽，晨昏雾霭中有翰墨飘香，巷道深深，鸡犬相闻里传来书声琅琅。千百年来，秀水的立柱梁檐下，雕花窗棂旁，闪现过多少莘莘学子寒窗秉烛、求知问道的画面，孕育了多少尊崇贤德、争取荣光的梦想。

秀水“状元殿”殿堂里，供奉着宋朝开禧元年乙丑科状元毛自知的坐像。透过氤氲不散的香火，这位年轻的状元冠带端正，神情肃然，如剑长眉使他清秀的面容全无文人柔弱之气，尽显英姿飒爽。毛自知出生于秀水诗礼之家，其父毛宪是进士出身的饱学之士。在父亲的教导下，毛自知自幼发奋苦读，力学不倦，29岁那年高中状元荣登榜首，而后进仕，鸿誉巍巍。因不堪国耻民恨，毅然上书主战抗金。宋宁宗皇帝封其为持补承事郎签书，同时任东军节度判官厅公事，与平章国军事韩佗胄和苏师旦一同率兵北伐,反击抗金，开启了震惊中原的“开禧北伐”。惜南宋朝纲不振,国力衰败，宁宗信念不坚，加之主和派势力制约，北伐失利，毛自知身先士卒，浴血奋战，慷慨靖国。“状元殿”至今香火供奉不绝，其中固然有祈愿子孙进学者，更多的，是对精忠报国民族大义的顶礼膜拜。

秀水村八房古大坪的“清云楼”下，我聆听过关于秀水士子清廉如水的一段佳话。话说毛德祯先祖乃明代进士，官知云南大理府十年，告老还乡，大理人民纷纷前来送行，并赠与毛大人一对大理石雕刻的石鼓。毛大人携凝聚着殷切民心的石鼓返乡，路上遇强盗抢劫，大人岿自不动，强盗翻箱倒柜，不见金银珠宝，遂对石鼓起了疑心：难道金银珠宝藏在其中？强盗执锤砸碎石鼓查看，并无珍宝藏匿，强盗感动不已，暗叹此官清廉如此，遂给毛大人赔礼求恕，并星夜赶工赔石造鼓，护送毛大人平安抵达秀水。毛大人于该年冬季捐资兴造“清云楼”，将石鼓镶在大门两翼，以纪大理人民的深情厚谊，以警后生学子清正为人，视名利为浮云。记得那天，天空清朗得透明，“清云楼”下，我一边听着故事一边手抚石鼓——石鼓已被无数游人的手摩挲得光洁锃亮。清云在上，石鼓在下，一阵清风拂过，我愿意相信，那是故事的主人公廉洁为民的中正之气，在楼门中、天地间鼓荡充盈。

秀水潺潺，汩汩奔流，儒家的诗书礼教、浩然正气，千百年来，如秀水清流，在这里源远流长。秀水村不仅在古代出神童进士状元，现当代也是才俊辈出。自1977年恢复全国高考以来，小小一个村落就有227人分别考取全国各类大中专院校，秀水涌起了“史出贤豪，今涌群英”的文风奇迹。秀水，如何能得有人才繁涌、文魁星布的现象呢？不少专家学者曾为之惊诧，最终皆以“环境育人，风水造化”的感叹予以结论。2015年中央电视台在全国挑选100个历史文化村向世界推介,秀水村入选排名第26位；同年，央视国际新闻频道在《记住乡愁》栏目以《崇贤重教·读书明礼》为题，向世界推介了秀水村崇文重教的人文历史和国学传统。秀水之秀，不仅在乎自然生态，更在乎文化气质和精神气韵。

站在秀水八房桥上放眼眺望，一幅壮阔的图景跃然眼前：石鼓河、黄沙河、东江河三江交汇，浪涌千层，天际处群峰连绵起伏，山岚袅袅雾霭茫茫——在秀水这个曼妙的地域上、古老的村落里，还有什么事物能和这秀丽的山水一样恒远长久呢？如果有的话，那一定是闪耀在秀水人文故事里的精神文化之光吧。

秀水之秀，无论如何都是我今生难以割舍的至爱。

那么远，又那么近

亚楠

当我又一次来到天山深处的琼库斯台村，依旧可以感觉到她的宁静、悠远和古朴。显然，也正因为如此，这座独具特色的哈萨克族古老村落，才具有这般浓郁的民俗风情与深厚的历史文化底蕴。早在西汉年间，作为乌孙人的游牧地，特克斯河流域曾经幅员辽阔，国泰民安，整个社会繁荣昌盛，这为乌孙国称雄西域提供了强有力支撑。溯河而上——它的腹地琼库斯台草原，则物华天宝，水草丰茂，尤其是百姓丰衣足食，安详富庶，堪称人间天堂。

哈萨克人是游牧民族，他们逐水草而居，祖祖辈辈游牧在天山腹地。那么他们何时来此逗留，又怎样在群山环抱的琼库斯台繁衍生息，今天的我们已经很难说清楚。但远在汉朝时，这里就是乌孙国漫漫旅

游牧至此的哈萨克人被琼库斯台优美的环境所吸引，他们停了下来，在这片宁静的高山草原，就地取材，用结实耐用的松树建造起一座座木屋，从此告别毡房，也告别了颠沛不安的游牧生活

途中的一个重要驿站，人们南来北往，互通有无，那倒是确凿无疑的史实。即使今天，从琼库斯台出发，顺库尔代河向东南方向穿行，经包扎敦大阪一直抵达南疆的拜城县域，仍是伊犁河谷除夏塔古道之外牧民和商人的另一条重要通道。

只不过是，由于山高路险，人们只能骑马或徒步行走，也有不少贩卖牲畜的商人，他们自带干粮，赶着牛羊去南疆的活畜市场交易，然后再带上一些南疆的特有商品翻山越岭回到伊犁。现在这条乌孙古道上人烟已经非常稀少，沿途只能偶尔看见牧人和探险者的身影，昔日的繁华早已成为遥远的往事。就不再说这些了，还是回到特克斯县喀拉达拉镇的琼库斯台村吧。

这是伊犁河谷一个颇有代表性的哈萨克族自然村落。或许就因为地理环境和某些历史缘由，游牧至此的哈萨克人被琼库斯台优美的环境所吸引，他们停了下来，在这片宁静的高山草原，就地取材，用结实耐用的松树建造起一座座木屋，从此告别毡房，也告别了颠沛不安的游牧生活——从飘游不定，到安营扎寨，从迁徙动荡，到居有定所，生活方式改变了，他们的思想意识和各种观念也随之改变……琼库斯台的这些木构建筑群中，有些老屋已有100多年历史，尽管承受了那么多风吹雨淋烈日暴晒，但迄今仍然保留完好。木屋大多由整根原木，或者将原木从中间一分为二，采用了掏、榫、拱等各种工艺精心建造而成。房高约三米多，木墙上有采光的窗户，不但能够承受大雪的重压，甚至还具有抗震优势——这种木屋既朴素大方，又经久耐用，仅此就可见这些哈萨克牧民高超的建筑技艺和朴素的生活智慧了。

琼库斯台，哈萨克语意为大平台子。这里四面环山，只有一条东西走向的小河从中蜿蜒穿过。南部山峰终年积雪，远远望去，银光闪耀，仿佛沉思的智者。而山坡上，芳草绵延百里，群山逶迤，森林密布。进入谷底，只见成群的野鸽子自由自在，安享悠闲的时光。凉风习习，溪水潺潺，各种不知名的山花迎风摇曳，便使这大山怀抱里的小村庄平添了几分诗情，几分画意。要是傍晚，夕阳映照在松林里，宛如童话一般……这静默中的簌簌声，把虚实相间的美感缓缓放大，或定格，或推移，让整个琼库斯台沐浴着神圣的安详。花楸树用清癯的目光引领，那些辛勤劳作的人，那些苍鹰、雪豹和盘羊，都在各自的领地坚守，他们与命运对峙，从而在大自然的怀抱里拯救自己。而红桦林的梦，循着鹰的翅膀攀升，就像一群火鸟飞入天堂。也可以看见一大片雪岭云杉，他们在高处静静守望，仿佛在执著地等待还乡的游子……

其实，关于琼库斯台仅说这些是远远不够的。我不知道自己缘何一次又一次来到这里，是为了这里的美，抑或寻梦？或许吧！当我第一次翻山越岭，经过近5个小时车程的颠簸到达琼库斯台村时，并没有感到疲倦，甚至，心中依然充满了眷恋和激情。这是一个能够让人怀念的地方。也不仅仅是怀念，还可以拥有宁静，拥有诗意，拥有无边无际的澄澈与光明。记得很多年以前，当我又一次踏进琼库斯台怀抱，仿佛被一种说不清道不明的情绪所裹挟。多么不可思议呀，这流动中的宁静，这光明里的安详，这独特之外的独特，深深地打动我。刹那间，便产生了亲人般的幸福之感。在琼库斯台，人们与大自然和睦相处，淳朴善良是其本色。无论大人还是小孩，从他们的眼神中，我看到的是真，是美，是山花般自由舒展的情怀。同时也看到了，他们对故乡山水的守望、眷恋和珍惜。

生活在琼库斯台的人，有福了。你看吧，尽管路途遥远，又相对闭塞，但这里环境优美，民风纯朴，具有素面朝天的率真与本色。过去由于交通不便，牧民家庭的畜产品基本上自产自销，很多时候，他们都过着悠闲、惬意的生活。白天，男人们出门放牧牛羊，或者在秋季，把收割的牧草运回家确保牲畜安全过冬；而女人们则除了日常挤牛奶和操劳家人一日三餐生活外，有时还要酿制马奶饮料，并把每年剪下来的羊毛擀成花毡——这种日出而作，日落而息的生活，缓慢，舒展，倒省去了不少逐水草而居的坎坷与艰辛。要是到了夜晚，村里的年轻人就会弹

琼库斯台，哈萨克语意为大平台子。这里四面环山，只有一条东西走向的小河从中蜿蜒穿过。南部山峰终年积雪，远远望去，银光闪耀，仿佛沉思的智者。

起冬布拉自娱自乐，以此消解他们内心的苍凉、忧愁和迷茫。自从2010年琼库斯台村入选中国历史文化名村后，这个仅有400余户、2 000多人口的哈萨克族小村落就开始喧闹了起来。每当盛夏旅游旺季，来自全国各地的游客、探险者、摄影师、画家来到此处，甚至还有不少外国人慕名而至。他们静静感受这里大自然的和谐与美，感受绵延不尽的诗意，以及哈萨克人源远流长的历史文化，也把这天堂般的童话世界传播到四面八方。或许就因为这些吧，琼库斯台村还获得了“中国乡村旅游模范村”“中国最美休闲乡村”等众多荣誉呢。

如今，琼库斯台的名声越来越大，前来观光旅游的人也更多了。不少牧民开始经营牧家乐，既方便了游人，也获得不菲的收益。按照国家及历史文化名村的相关要求，当地县政府正在对琼库斯台村实行保护性旅游开发，并依托这别具一格的资源优势，进一步提升琼库斯台的知名度和影响力——从经济发展的角度看，这固然重要，亦具有其开发价值。但我们也难免不会担忧，假如保护措施不到位，只是一味地盲目开发，也势必存在毁灭性的潜在风险。但愿吧，作为全国唯一的哈萨克历史文化名村，琼库斯台不会遭受这样的厄运，也不会丢失自己得天独厚的个性与情怀……

那么就让我们在大山怀抱，在这清风朗月下尽享美、澄澈与安宁吧。徜徉在青山绿水间，让心绪自由舒展，沐浴圣洁之光，聆听大自然神圣的教诲，给沉重打开一条通道——我想，这既是我们所需要的，也是琼库斯台的魅力所在。就这样，我从库尔代河奔腾的涛声里听到了辽阔，听到了深沉和悠远。它在时间的注视下，带着对万物的悲悯，朝向生命，朝向自由，朝向一颗崇美向善之心……还有什么能够抚慰人类日益喧嚣、冷漠的灵魂吗？假如有，我想这个答案就隐藏在琼库斯台静穆的水光山色中。

黄昏降临了，疏影横斜，水波荡漾。在动与静，明与暗的交相辉映下，整个琼库斯台村都沉浸在诗一般朦胧的意境里。我忽然想起了那首人们最爱唱的哈萨克歌曲《故乡》来：

谁不热爱自己的故乡——母亲，
总在思念让人难以忘怀她。
我的故乡你常引起我的回忆，
游子思乡情绪越来越深长。
……
雪山、松林映在蓝天白云中，
座座毡房，翠绿色的草原。
无论我流浪天涯海角，怀念故乡，
故乡的名字使我骄傲，常给我力量！

在冬布拉深沉、忧伤的旋律中，这呼唤——仿佛内心深处的痛，总让远离草原的游子魂牵梦萦，难以忘怀。是什么力量把虚和实、远与近如此遒劲地交织在一起，以致于那些游子对故乡永远心怀感激之情？当我沉浸在琼库斯台无边无际的秋色里，面对群山，静静感悟那隐于时光深处辽阔的美，感悟由此而生发的诗意和乡愁，便找到了答案。是的，倘若我们读懂了琼库斯台，也就读懂了《故乡》，读懂了一片叶对根的无限眷恋。

明月村的时间简史

杨青

“当我们谈论乡愁时，我们在谈论什么？”在英文中，乡愁和怀旧是同一个词（Nostalgia）。据不完全考证，首先创用“乡愁”一词的人是瑞士医生霍弗尔（Hofer），他将那些在外作战的士兵中间流行的思乡情绪诊断为一种可医治的轻微心理疾病。后来的浪漫主义作家如卢梭、拜伦和夏多布里昂等则把空间上的思乡延伸到了时间上的怀旧，对于记忆中失去了的“金黄时代”表露了思乡般的忧愁和伤感。乡愁是一种“疾病”，乡愁是一种“怀想”，乡愁是一种“记忆”。“疾病”“怀想”“记忆”似乎都是精神领域的范畴，所以，很多人选择“精神还乡”“纸上还乡”。譬如北岛在他的《城门开》一书的序言“我的北京”中写道：“我要用文字重建一座城市，重建我的北京——

一年后，她在日志中写道："不着急的，生长的节奏，吸引力法则，一切自然汇聚，宛若天成。"

用我的北京否认如今的北京。在我的城市里，时间倒流，枯木逢春，消失的气味儿、声音和光线被召回，被拆除的四合院、胡同和寺庙恢复原貌，瓦顶排浪般涌向低低的天际线，鸽哨响彻深深的蓝天，孩子们熟知四季的变化，居民们胸有方向感。”在北岛的文字里，重建“乡愁”是为了“否认”当下。2014年，在位于唐宋茶马古驿道上的四川蒲江县甘溪镇明月村，一个偏僻的乡间村落，一群人正在讨论“还乡”。与北岛不同的是，他们“还乡”的目标不是要“否认”当下，而是要用“在地”的一个村庄，再现“乡愁”的美丽。

他们是梦想家，更是行动者。

2014年4月陈奇的梦

2012年12月，制陶人扫云偶然来到明月村，发现一口湮没于时间与荒草的老窑，这里有民间最传统最日常的窑烧工艺。她住下来，花了整整一年半的时间，与来自台湾、景德镇多地的陶艺家、考古学家、明月村当地的木匠师傅，一起修复了这口窑，是为“明月窑”。2014年4月，在刚修复好的明月窑旁，西南地区最有影响力的阅读推广公益机构的3+2读书荟在这里召开理事会，志愿者陈奇来到了这里。阳光透过松林洒下斑驳的影子，空气里飘着柚子花洁白的香气，茶山、竹海、松林、新茶，配上明月窑烧制的茶具，美好到无以复加。当天晚上陈奇做了个梦，梦见自己穿着布衣，在村里的茶田里走着，做着和村子有关的一些事情。彼时的陈奇在都市里做着商业地产策划和推广，做案子，讲案子，做活动，梦境于她似乎只是梦境，遥远又朦胧。然而，这之后半年，同样的梦出现了四五次，非常清晰，像是，某种昭示。

2014年12月，陈奇回到魂牵梦绕的地方——明月村，做了明月村的“奇村长”。规划，行走，项目引进，与新老村民聊天。一年后，她在日志中写道：“不着急的，生长的节奏，吸引力法则，一切自然汇聚，宛若天成。”

2015年1月远远的阳光房

宁远喜欢毛姆的小说《月亮和六便士》，在看完小说后，她写下了这样一句话：要记得在庸常的物质生活之上，还有更为迷人的精神世界，这个世界就像头顶上夜空中的月亮，它不耀眼，却散发着宁静又平和的光芒。

作为媒体人，宁远获得过中国主持人最高奖“金话筒”奖。在事业鼎盛时期，她不进反退，辞了工作，开创了自己的服装品牌：“远远的阳光房”。陈奇是“远远的阳光房”淘宝店的常客，在她的梦里，她穿着的正是宁远设计的衣服。

陈奇来后不到一个月，宁远便偶然来到明月村，遇见全身穿着她自己设计的布艺的陈奇，那天，她俩穿着一模一样的鞋子。这里自然亲切得宛若故乡，宁远立即爱上了这里，决定“搬家”到明月村。阳光房的衣服是天然面料，与其在城里做形象店，不如找一个与品牌风格相符的空间。很快，宁远在明月村开了草木染工作室。草木染是一种使用天然的植物染料给织物上色的方法，漫山遍野的天然植物、中药材、花果、蔬菜、茶叶等都可以用来提取染液。染出的织物色泽纯净柔和，散发草木清香。“染布会上瘾，我喜欢看织物在染液里每一刻的变化，时间和情感都融入到一块布里了。万物有灵且美，取自天然的草木染，不仅是环保的，也是有精神的。我希望在这个方向走得更深入些。”她最喜欢蓝色，染了许多清凉、沉静、温柔的蓝，做成帘子挂在书架旁，蓝天白云触手可及；变成抱枕捧在怀里；穿在身上，衣袂飘动，仿佛一棵草、一朵花在风中摇曳。宁远说，城市里的高楼大厦也很美，但是不会被安慰，反而会生出焦虑，觉得自己很无能、很渺小。

“在自然里，人会觉得被安慰。”

2015年9月曼陀罗茶人生活

陈瑶，“中欧国际工商学院爱心联盟”副理事长、i20青年发展平台、“杉树计划”创始发起人。因为她扎根上海青浦雪米村做乡村建设和社区营造已三年，给村里人做民宿培训、办音乐会，与村民一起劳作，大家亲切的叫她“瑶书记”。陈瑶从小生活在武夷山，上世纪90年代初到上海，虽然很快适应了城市高速的工作节奏，在电视台干得还算不错，可内心却常常感到困惑，时常想起小时候在乡村里的生活。“如果把城市比作物质富足的乐土，那么乡村就是灵魂歇脚的精神乐园。故乡不仅关乎记忆，更关乎我们每一个人的精神寄托。”陈瑶说，回故乡的可能性不大，她只能安慰自己吾心安处是吾乡。在她组织的“i20青年公益平台”民宿培训课堂上，陈瑶认识了“远远阳光房”的张小喜，张小喜跟陈瑶提到了明月村。“小喜说明月村还有十万亩茶，那我得来看看。”2015年5月，陈瑶到了明月村，和明月村的“村长”陈奇聊过之后，她觉得明月村的理念非常好，当即便租下一户村民的房子，规划她在明月村的“曼舍田园人文民宿”，推广曼陀罗茶人生活。

2015年11月阿呆的禅

“水立方”中方总设计师，是赵晓钧职业生涯的一个巅峰。然而，2008年以后，赵晓钧再也没有设计过一座房子，他研佛经、习武术、写书法，还为自己设计了一个卡通形象，叫作阿呆。他把点滴感悟画成了阿呆的生活。他通过漫画讲述了许多道理，其中一个道理是，如果一个人被他的职业或技能所定义，那么他的人生是有局限的，“真正定义人生的应该是信仰、梦想、使命这类形而上的东西。”他的梦想是在中国实现一个“新乡村生活圈”：既能让压力沉重的城市人拥有一片诗意的栖居之地，也能为乡村带来实实在在的经济增长。

在这里，最好的风景是新老村民的互动。新村民带来了人文的东西、审美的东西以及市场经营意识，让老村民看到了希望。他们整个状态在改变，这个村子也不再是一个封闭的村落。

赵晓钧是佛教徒，从某种意义上来说，他相信世间万物“如梦幻泡影”，但这并没有让他成为一个虚无主义者。他只是认真选定了人生的方向，从而更加坚定地拥抱此生。通过资本运作的方式，努力打造一个让人们诗意栖居的所在。这种自我的成全和对人世间的信心，就是阿呆的禅。

他开始四处看项目，看多了之后，虽不能说“田园梦碎”，但确实因此更加懂得了中国。“农村的山山水水虽好，但也没有什么可以当景区卖票的地方，农民们火急火燎地想发财，政府投了很多钱进去，急着取得收益，往往是把村子弄得干干净净的，不让养狗，有时甚至连鸡也没有了。”他总结道，“人走进去空荡荡的，喊一嗓子还有回声，成了一个特别冷漠的地方。”

在遇见明月村的两小时后，他知道他将是这里的“新村民”。

2016年9月月是故乡明

2016年9月8日，“奇村长”在朋友圈中写道：“中秋节要到了，桂花盛开，空气中满是清甜的香气。农人们松弛下来，商孃孃说休憩后再迎接明年春天的忙碌，我们开始筹办一场村民自己的中秋诗歌音乐会。”9月15日，“月是故乡明——明月村中秋诗歌音乐会”如期上演。夏莉莉为村里孩子们成立的“信仰之月”合唱团，用蒲江方言表演了音乐剧《拔萝卜》，合唱团的名字是孩子们自己取的。陶艺家李清和合作社“双丽”合唱《水调歌头·明月几时有》，奇村长和她的朋友朗诵“新村民”阿野写给明月村的诗，罗喻溪是本村学音乐的大学生，他和阿呆压轴合唱《生活不止眼前的苟且还有诗和远方的田野》……

从2015年1月开始，明月村陆续来了很多新村民，从成都、遂宁、上海、北京、台湾……他们中有陶艺家、作家、建筑师、诗人、文创者……他们有的是来看朋友的，有的是来考察，有的是来看看，缘由不一，却都留了下来。陈奇将之归因于“名人传播”以及“文艺圈的人脉效应和乡野情怀”：宁远要做一个草木染工作室，请来画家、染布人寒山开了一个染布坊；李清的学弟、青年陶艺家李清泉来明月村喝了一次茶，决定留下来开个“清泉烧”工坊；艺术展厅、餐厅“樱园”的创始人熊英和西村有朵云咖啡馆老板诗人阿野和阿面来明月村看好朋友宁远，爱上明月村的山茶和松，便先后住到明月村，过着种花酿酒写诗画画的生活，“明月樱园”和有朵云咖啡馆顺其自然的落到了明月村；社区营造专家夏莉莉和规划师王健庭带着13个月大的儿子乐毛来看她的朋友宁远，做一期明月村主题的考察报告，他们多住了一晚，和奇村长聊天，于是便有了明庭——明月村的庭院，这是一处生长的开放的自然教育学校，孩子们的天堂。一家人把北京的房子卖了，从清华大学直接搬来明月村，住在村民家，给村里的小孩办各种活动，又带来了他们在北京、上海、重庆的多位朋友。“远远阳光房”的张小喜带来了“中欧国际工商学院爱心联盟”的陈瑶，陈瑶带来了赵晓钧，赵晓钧带来了明月村“副村长”博士代晓利……

如今，宁远给村民培训草木染；李清培训陶艺；李南书培训篆刻；夏莉莉给村里的小孩组建合唱团，开建筑工作坊，开家庭音乐会、读书会，和村民一起做垃圾分类和厨余堆肥……王健庭遍查县志史籍，研究村里文脉过往，一日日走在村子里，为村里规划“环线景观”“慢行道”“明月村乡土景观与乡土产业”；阿呆哥、代博士，研究可持续发展，在“明月讲堂”开课，隔周带位大咖来村里，与本地居民一起做新乡村建设研讨；爱思青年公益发展中心理事长周玉亮，热情饱满做着明月村故事的传播者……

在这里，最好的风景是新老村民的互动。新村民带来了人文的东西、审美的东西以及市场经营意识，让老村民看到了希望。他们整个状态在改变，这个村子也不再是一个封闭的村落。

明月村张开怀抱欢迎新村民，却婉拒大资本的进入。整个明月村

他们安顿乡村情结的过程，也演变成一种打破城乡文化和意识形态的种种隔阂、打破城乡二元结构、改善和重构城乡关系的社会实践。

的项目规划用地限制为187亩，不再增加，并已经分成大大小小17个地块，每块地基本规定了业态形式。业态的多元化发展，让中青年村民回到村里，增强了乡村活力；多元业态间的平衡和谐，确保了新村民的田园梦不会沦为资本的奴隶。

新乡村文明的创造，新村民实现的不仅仅是简单的田园梦。在以“奇村长”为代表的地方政府营造的良好氛围中，在与老村民越来越深的情感交融中，简单的田园梦渐渐生发成为一种更加博大的情怀。他们安顿乡村情结的过程，也演变成一种打破城乡文化和意识形态的种种隔阂、打破城乡二元结构、改善和重构城乡关系的社会实践。

未来的方向

在“明月讲堂”上，赵晓钧以明月村为范本，探讨了新乡村的形态和明月村未来的方向。他认为明月村是一次启动、一种生长。人们为什么会逃离城市？是因为在城市中，城市环境、家庭、邻里关系紧张，没有安全感，而乡村寄托着人们心里的期待。在他眼中，能满足这些心理期待的新乡村应该是这样的：群体有共同的根；环境自然生态友好；人文关系舒展；易于建立经济循环；对外界有良性联结。

新乡村建设不应该是扶贫，每个人看到土地很繁盛时，才会有安全感；不应该是保护，而是共同成长让新乡村的每一个人都具有发展的能力；不应该是一种逃避行为，每一个来到新乡村的人，都应该怀抱着对生命的热爱在此生活。应该警惕城市病传到乡村，让新乡村变了模样；应该让当地的朴实变成善良的热潮，提高新乡村内在的素质，控制恶性资本的进入。

赵晓钧梳理了新乡村建设过程中五个要素的关系，并运用金木水火土生动地诠释出来。五个要素分别是：政府（金）、老村民（土）、资本（水）、文化业者（木）、操作者（火）。这其中最重要的基础是老村民，任何不利于老村民利益保障的都不会持久。政府要有耐心，资本是逐利的要控制合理回报。老村民既要保障也要控制欲望和增长，以免侵吞文化。文化重建是新乡村的核心，操作者要去平衡这五大要素相互制约。

结语

个人的乡愁断裂看似个体的内心情感问题，回不去的故乡也看似个人的价值追求导致，但是当无数的个体拥有相同的共性时，在中国这样的传统农业社会中，就会形成对社会结构的重要影响，和对乡村文化的巨大改变。当认同开始漂泊的时候，由认同危机所导致的社会危机便也潜滋暗长。如何在中国快速的社会转型中，在农村已经无法回归旧貌的情况下，重建新的乡愁，不仅关乎个人的情感认同，也关乎群体的未来。明月村的时间简史，讲述的是重建“乡愁”的可能性和重要性，因为，乡愁，不是闲愁，而是皈依。

（附：甘溪镇在唐代叫皈宁,这不得不说，明月村，是某个时间断面上的某种注定的安排，像阿呆哥说的“人类新文明”。）

比田园更美的

刘桂英

金秋送爽，风暖田园。2015年10月13日，联合国环境规划署非洲司副司长德斯特·默本瑞特（Desta Mebratu）先生一行人，慕名前来参观考察“美丽村湾”小朱湾。德斯特·默本瑞特先生惊喜地欣赏了一座座因地制宜改建的漂亮楼房、庭院，参观了村民在林木间饲养的鸡鸭鹅、在田角池边种植的蔬菜瓜果等。他兴致勃勃地走进一家橘园，摘下一个还挂着露珠的黄澄澄的橘子品尝。临别时，德斯特·默本瑞特先生兴犹未尽，挥笔写下赠言：

这里代表了一种未来全球村庄的好模式！我深深地向创造这种建设模式的领导者和管理者致敬！

这里是江夏区五里界小朱湾。

千百年来，大大小小的村庄散布于绿树丛中，反做了山山水水的点缀。人们守着鱼鲜和米豆安居乐业，繁衍生息，演绎着芸芸众生的柴米油盐和家国梦想。

修修补补竟能让废弃的土屋脱胎换骨，变成古朴又时尚、乡情又现代的小楼，比楼房还漂亮、实用！

梁子湖是镶嵌在江汉平原东南部的一颗璀璨宝石，湖面面积居全省第二，是驰名中外的武昌鱼的故乡，也是亚洲湿地保护名录上保存最完好的湿地保护区之一。梁子湖三分之二以上水域位于江夏区境内，湖中有绿岛，岛上有奇湖，湖心又有岛，湖岛叠翠，交相辉映；一望无际的水面碧波荡漾，水体清澈，水质纯净，对水质要求最高的桃花水母曾在此惊艳世人。

五里界街位于梁子湖畔，是通往古武昌府的要道。清朝咸丰年间，李复兴等人在此地开设豆腐坊、勤坊、茶馆，人称“三家店”，地处上恩里、夹山里、来苏里、龙泉里、黄鹤里五个里的交界处（古代五家为邻，五邻为里），遂将“三家店”改称五里界。今天的五里界，沪蓉高速公路擦肩而过，梁子湖大道径穿南北。一湖好水滋润着五里界，滋润着腹心中的小朱湾，滋润着这里的泥土和花鸟虫鱼。这里的风携着湖水的信息，阳光会收敛灼热，一枝一叶摇荡着湖水的柔美与清透，一豆一瓜荟萃了湖水的丰赡和甘甜。千百年来，大大小小的村庄散布于绿树丛中，反做了山山水水的点缀。人们守着鱼鲜和米豆安居乐业，繁衍生息，演绎着芸芸众生的柴米油盐和家国梦想。

从武汉南部新城纸坊出发，在绿荫夹道中往东南行驶，几里之外就是五里界梁子湖赏花大道，现代气息的宽阔路面在车轮下向前舒展，两旁的田野呈现出都市农业与休闲观光农业经济的崭新面貌。临近梁子湖北咀，车轮滑向一旁的林荫腹地，道路窄了许多，蜿蜒而行里许，绿树丛中露出屋檐房角来，这，就是小朱湾了。

走在小朱湾，脚步会不由自主地放慢，一幢幢房屋高低错落，形态各异，露台凉棚轩敞，院落杂树生花。村里的道路以青砖和旧瓦片铺就，自然又古朴。拾级而下，一株茂盛的梧桐树抢入眼帘，树下便是“小朱湾客厅”——村里第一幢改建的房屋。一栋带院子的两层小楼，青砖外墙，蓝瓦房顶，巧翘的飞檐，旧瓦修整的屋脊，废旧木料修葺过的门窗，木栏杆带着历史深处的烟熏火燎。扔在路边沟渠的坛坛罐罐信手嵌在墙壁上，一尘不染的土院里闲置着一截被生活的大手打磨得油光水亮的老树桩，给泥土地面的院子平添几分诗意。

此前，小朱湾与大多数农村一样，有一个最具时代性的特征：空心村。大部分村民在外打工，村里只剩下老弱病患，年久失修的土砖房在风雨中摇摇欲坠，楼房粗糙简陋，有的只是半拉子房屋。湾里的路全是土路，晴天灰尘扑面，雨天泥泞不堪，半数房屋几近鬼屋。这些年，拆迁上楼已成为村民的惯性思维，不少人等着政府开发，他们好洗脚上楼，再拿一笔可观的拆迁费。可是小朱湾就地改建，不拆了。一些人失望不已，不拆旧房，那是什么新农村？

当小朱湾客厅空降一般覆盖了破旧的老屋时，人们惊呆了：修修补补竟能让废弃的土屋脱胎换骨，变成古朴又时尚、乡情又现代的小楼，比楼房还漂亮、实用！这幢实实在在的小楼唤起了人们深藏心底的对美和美好生活的热爱与追求，小朱湾热起来了！

小朱湾紧邻梁子湖国际旅游休闲度假区，是游客赏花休闲的必由之路，环境幽静，湾内房屋布局错落不一，空间富于变化，院落开放，古树绿植丰富，村里村外三口水塘莲花盛开，自然条件优越。《2014年美丽乡村建设试点项目实施方案》出台，五里界小朱湾“美丽村湾”建设项目正式启动。小朱湾以“荆楚·花·人家”为主题，建设花园式村湾，打造乡村荆楚文化元素，发展特色餐饮、休闲农业、乡居度假经济。为此，政府出资建设周边基础设施，修建荷花池、亭台水榭、停车场、公共卫生间等配套设施；改造村湾路网，在不影响各家各户绿化特色的前提下规范村湾景观树木种植；系统建设重要景观节点、夜景照明、解说标识、污水及垃圾处理等；同时对村民改建房屋、发展家庭经济实行补贴政策。

小朱湾客厅的成功改建成为典范，村民争先恐后地行动起来，按照中国乡建院的统一规划改建自家房屋。在乡建院专业人士的亲自指导下，整个村湾改建统一于徽派风格，村民根据自家房屋的具体情况和未

这里的风携着湖水的信息，阳光会收敛灼热，一枝一叶摇荡着湖水的柔美与清透，一豆一瓜荟萃了湖水的丰赡和甘甜。

来生活需求具体规划、具体实施。忽如一夜春风来，家家户户百花开！一座花园式村落一步一步从纸上落到地上，还是以前的格局，一家一户各自东西南北，房前屋后的梧桐树、垂柳、青竹、樱花、紫薇在微风中曼摇轻曳。还是原来的村路，一拐一折蜿蜒到各家门口，便捷人性。但它又是崭新的，仿佛一只神奇的魔手轻轻拂过，小朱湾的一砖一瓦、一草一木、一石一鸟无不化腐朽为神奇，乡土材料的使用散发着浓浓的乡土气息，全新的创意建构出厚重的荆楚文化。

漫步在水塘或者院边，绿荫匝地，清风徐来。一块半块的老磨石会激活你在都市中过于疲劳的审美神经；似乎搁在墙上忘了取出的空酒瓶带给你鲜活的惊喜；与村庄风格和谐一致的现代厕所前横亘的残树干会让你凝神注目。在这里，村庄的历史、文化、景观、价值观、生活生产方式甚至一只有故事的猫狗、一个过客的感受等都作为乡村要素在改建中受到重视。每家门首写着家训格言，村外的荷塘边，一道铭记着众多乡贤的长廊在荷风中熏香四溢。

原来艺术与乡村与实用竟然可以如此协调！小朱湾美了！

五里界街有着光荣的传统。周恩来、董必武、王任重等中央领导曾多次来镇视察，原省长张体学驻此多年。1958年4月6日，周总理陪同外宾来五里界视察，曾亲笔题词“祝你们成功”！

好山好水孕育独特的土特产品。五里界街粉蒸肉制作精细，做工考究，口感柔软，色香味美，名扬省内外。具有一千多年种植历史的黄豆素有“界豆”之称，远销泰国、日本、马来西亚、菲律宾、香港等国家和地区。2001年，界豆成功注册“元宝”商标。梁子湖水系养殖的甲鱼、螃蟹、武昌鱼进入省十强水产品乡镇行列。

江夏区委区政府在探索新农村建设之路上勇于开拓创新，为农民增加经济收入、改善生活条件是政府的头等大事。以梁子湖生态旅游风景区为依托，江夏区大力发展都市农业与休闲观光农业经济，建成当代薰衣草风情园360亩和七彩花海，推出“梁湖画廊”景观，龙凤咀湿地公园、花博园等项目纷纷落地，赏花总面积达6 320亩，游客蜂拥而至。花园式小朱湾不仅成为景区的景点，更成为村民创业的乐园，外面打工的回家了，已经在外创业的回家了。

年近50的付红兵眼看周末前来赏花游玩的人越来越多，却没有地方吃饭。有时，游客竟来到他家，问能不能“加双筷子”，他们想吃农家饭。一语点醒梦中人。付红兵将自家房屋和庭院改建成餐饮农家乐，这是小朱湾第一家农家乐“十八湾”，他和妻子田春梅一起经营。

段传斌将自家两栋各2层的楼房按照规划的整体风格进行装修，他把门前的猪圈拆了，盖了一间两层楼的餐厅，4个大餐厅供游客用餐，12间房可供游客住宿。35岁的曾光经营的农家乐颇受游客欢迎，村里专门派人给“乡里乡亲”做了微信号，接受网上预订，在村里率先使用互联网拓展业务。不到一年时间，小朱湾12户村民改建自家住房，兴办起农家乐。这些农家乐经营村湾土产的蔬菜、鸡鸭鱼肉以及五里界粉蒸肉和界豆，生意红火。更多村民正在加入乡村经济行列，接下来将有土特产品、乡村游等各种形式的产业经营。

小朱湾活了！

2015年5月，当代薰衣草风情园开园后，仅仅32天入园游客就突破10万人。2015年10月“武汉第二届薰衣草文化节”在此拉开帷幕，包括华中首届薰衣草浪漫集体婚典、武汉市第二届“定格浪漫”薰衣草摄影大赛、薰衣草露营音乐节、江夏区相亲会都“牵手薰衣草，联袂小朱湾”。

2016年4月23日，武汉市江夏区小朱湾摄影文化节隆重开幕，湖北传媒摄影技师学院实训基地、湖北摄影家协会创作基地分别挂牌，省内100多位摄影家齐聚小朱湾，用镜头定格中国摄影村的诞生，定格鸟语花香、鸡鸣狗吠的田园美景，还有一张张比田园更美的对生活充满梦想的笑脸。

枣花吹满头

李春雷

说起枣，人们便会口舌生津，立时想起那些青青红红的脆甜。

殊不知，这些都是高科技时代农业规模化的产物，就像我们日常使用的电子产品，虽然轻灵便捷，却没有特殊意义，缺少文化意蕴。而一些已经消失或正在消逝的老物件，却暗含着一脉神秘的原始密码，让我们追思悠远，顿悟生活真味和生命真义。比如，这些时令鲜枣的祖宗——传统老枣树。

枣树，有什么特别?

且慢，现在，我便陪你去看一看。

今年6月上旬的一天，我在邯郸县采风。在朋友的介绍下，走进了一个特殊的去处——小堤村。

小村位于漳河故道腹地。直到3年前，这里还远离公路，偏僻无依。也许正是如此，才遗留了原始村落的鲜活样本——数百株百岁高龄的古枣树。

在中国北方，枣树可能是春天里最后一种醒来的植物。惊蛰清明，谷雨小满，当春天的锣鼓铿铿锵锵地敲响的时候，当敏感的花姑娘们争先恐后地粉黛登场的时候，它却像一个懒散的老农，穿着皂黑的粗布棉袄，仍然蹲在阳光下打盹儿。直到芒种过后，它才瞪开惺忪的眼。一旦醒来，便厚积薄发，排山倒海。

站在村头，远远地望去，黄灿灿，雾腾腾，氤氤氲氲，宛若一片燃烧的火焰。走进小村，到处是奇形怪状的老树，树身粗皴焦黑，却又新枝繁茂，葳葳蕤蕤。每一个枝条上，挂满了清新嫩绿的新叶，在春光中，羞羞的，颤颤的，明眸皓齿，流盼娇喘。最是叶柄上结满的米粒大小的细碎黄花，像一张张笑脸，像一只只嫩手，像一个个嘴巴，在风中摇曳着，微笑着，歌唱着，嗡嗡嗡，嘤嘤嘤。那是大地的呢喃，那是乡村的耳语，那是春天的梦呓……

一片片枣花凋谢了，在空中飘舞，像满天雪花，更像漫天金粉，落在地上，聚在墙角，栖在低凹处，像厚厚的积雪，静静地喘息。仿佛整个大地都在喘息，呼吸着它的馨香，它的芬芳。于是，整个小村，整个暮春，都香起来了，都变成了枣花的臣民。

微风袭来，我的头上、身上、头发上、眼睫毛上，落满了斑斑点点的金黄。闭上眼睛，沐浴着枣花的香熏，那种醇厚和温热，像乡音，像童年，像初恋……

细细品味，这种暖香，不似牡丹的豪华、月季的清雅，而是一种发自土壤深处的味道，有一种说不出的亲切。那是一种回到老家和老宅的感觉，一种灵魂深处的温适和踏实。

……

村民告诉我，祖先于明朝洪武年间从山西迁来，携带当地枣树幼苗，以慰乡愁。不想，这一方水土更适合种枣。枣树是蘖根生长，所以，几代人过后，房前屋后，村内村外，处处青葱。最多的时候，有几万株。

哦，枣树，地地道道的中国特产，仅文字记载就有三千多年。

《诗经》曰：“八月剥枣，十月获稻”；《韩非子》有枣栗赈济饥荒的故事；《战国策》里，苏秦在谈到燕赵之地时曾言：“北有枣栗之利，足实于民，此所谓天府也。”这些都说明，枣是当时北方的经济命脉，也是君王考量治国安邦之策的重要依据。

关于枣树的栽植培育，《广博物志》记载：“周文王时，有弱枝枣甚美，禁止不令人取，置树苑中。”而《齐民要术》的叙述更为详实：“选（枣）好味者，留栽之，候枣叶始生而移之。”

在几千年的生活生产实践中，枣树是中国北方乡村最典型的主角。

唐朝诗人李颀有诗云“四月南风大麦黄，枣花未落桐荫长”。另一位著名诗人刘长卿写道“行过大山过小山，房上地下红一片”。而宋代诗人张耒的笔下更具画境：“枣径瓜田经雨凉，白衫乌帽野人装。”一幅悠然和谐的田园风光，跃然纸上。

当然，最有名的，还是苏东坡。他在出任徐州太守时赋有名篇《浣溪沙》，其中“簌簌衣巾落枣花，村南村北响缫车”，更写尽了中国北方的乡村生活。

近人咏枣，最典型的便是鲁迅。客居北京时，他在散文《秋夜》中对所栖居的家院留下了一句最精准、最精妙的描述：“我家后院有两棵树，一棵是枣树，另一棵还是枣树。”

枣树与国人的深厚情缘，更在于它的实用性。枣树生命力顽强，抗旱涝，耐苦瘠。即使在灾荒年，庄稼绝收，它也能如常结果，从青枣开始，便可供人食用，续人饥肠。所以民间视枣树为“铁杆庄稼”和“木本粮食”。而它的枝干，更是钢筋铁骨。枣木实硬，可做切菜板、擀面杖、蒜臼、棒棰，等等，可以全方位地陪伴人们的生活。

枣子打下来，摊在房顶，晾晒，紫红紫红。用塑料袋密封，可以放到明年，可以做馍，可以酿酒，可以熬粥，可以款待客人。

的确，在漫长的岁月中，枣树是北方每个村庄，每个家庭里最常见的主人。虽然长相丑陋，粗粗笨笨，却憨厚诚实，像一个木讷无言的庄稼汉。毋宁说，它是每个村庄的城隍庙，每个家庭的守护神。

枣树，早已扎根于北方的灵魂深处！

……

六月中旬，枣花落尽，根蒂部便会长出青胎。风来了，雨来了，每一场风雨，都会有楚楚青果落下来，直让人惋惜呢。不过，勿要担心，枣树多子，尽管落下一层又一层，百分之九十九流产，但剩下的还是稠密。

夏天里，毒毒的日头下，这些小精灵们光着头，裸着身，顶着阳光，进行着最剧烈、最彻底的光合作用，把阳光、水、土壤中的矿质元素和自家祖传的独特配方，发酵、发酵，酿成甜蜜的液汁。而同时，身体也在日日夜夜的膨胀着，今天像绿豆，明天像豌豆，后天便是枸杞大小了。看着枣树们下垂着一根根果实累累的枝条，像一个个笨重的孕妇，你会禁不住替她心疼，为她喊累。这会儿的你，再也不会埋怨它的懒惰了。

夜夜秋风起，涂黄又涂红，枣儿们成熟了，沉默了，定格为一枚枚赤红的椭圆，恰似一张张村民的脸庞，像父亲的焦虑，像母亲的欣慰，像新娘的羞涩，像童子的笑靥，像醉汉的狂癫……

八月十五枣落竿。这些日子里，家家像过节，大人小孩子们挥舞着长长的竹竿，在树上扑打。枣子们“噼里啪啦”地落下来，像乒乓球，在地上来回蹦跳着。间或砸到头上，溅起一声声惊叫，一阵阵嬉笑。那是乡村的狂欢，那是民间的喜庆。

枣子打下来，摊在房顶，晾晒，紫红紫红。用塑料袋密封，可以放到明年，可以做馍，可以酿酒，可以熬粥，可以款待客人。

冬天里，枣树又恢复虬枝铁干，粗皴焦黑，在冰雪中酣然睡去。村民便坐在枣木小凳上，品着醇厚的枣酒，嚼着香甜的枣馍，喝着蜜稠的枣粥，枣红的脸上，游荡着枣红的微笑。

小村两百多户人家，就这样生活在枣园里，过着古色古香的生活。

……

普通枣树成活期为五六十年左右，可在小堤村，枣树们历经百年，依然在年复一年地开花结果，而且繁茂如初。

更为奇特的是，小村枣除了壮硕多肉、口感甘甜之外，枣核里面竟然没有核仁，不能用作种子。不仅枣核空心，而且所有成年树的主干全部空洞，像极瘦骨嶙峋的老人。可看似岌岌可危，奄奄一息，却又铜枝铁干，生机勃勃。这不能不说是一个奇迹。

据该市林业专家介绍，前年四五月份，他们进行林木种质资源普查时，惊奇地发现了这片奇特的古枣林，大约近千棵。经鉴定，其中不少树龄在200年以上。目前，他们已为其中313棵古枣树编号，并统一制作了“古木名树”保护牌。

不啻说，这里是北方，乃至全中国最大的一片原生态古枣林。

这是中国古代北方乡村的活标本！

……

在北方农村长大的人们，谁没有打过枣儿呢，谁没有受过红枣的滋养呢。拍拍我们的胸脯，摸摸自身的筋骨，俨然枣木铮铮。

可是，这些年来，人口膨胀，环境恶化，传统的枣树在迅速退出乡村，大批外来树种挤占了它们的家园，充满了我们的视野。

这个世界，变得越来越丰饶了，也变得越来越浮躁，越来越陌生了。古朴的乡村，离我们越来越遥远了。

惟有这片古枣林，延续着这缕血脉。

因为，它铭刻着历史的密码，维系着祖宗的呼吸。

……

暮春时节，整个小村，像一个文静的村姑，熏风吹悠悠，枣花落满头，扎着双辫，眨着双眼，吟着乡谣，站在今天的田垄，回眸着昨天的枣香……

那里，是最原始的故乡，是最立体的乡愁！

弱弱地建议，若有闲暇，不妨一游：邯郸市，东南方，十公里，枣之乡。

2016年10月于邯郸

虫字

张于

我几乎是在秋分的最后时刻赶到山中。今年秋分的时间是9月22日21点05分，昼夜均分。因为这样的设定，时间就有了刻度和边际。我——一个慢下来的画家，在人生已过半百的时刻，窝在山里搭建了一个敞亮的工作室。此刻，秋分被赋予一种间隔似的人格，惆怅又率真，引导我直面秋天而并不是直面槁木。

我在赶往秋分的路上。一边揣摩着时间的边界，一边拿把剪刀来剪时间，一百年剪开，一年十二个月剪开，一个月三十天剪开，一天二十四小时剪开。这样不断地剪下去，剪成无数个井然有序的“刹那”。在两个“刹那”之间没有触感和实体，只有虚拟的维度。如果时间是不存在的，空间又将怎样攀援于世。我们活着就是在拧发条，并且等待生命编年史的终结。美国小说家福克纳虚构了约克纳帕塔法县，美国诗人罗宾逊虚构了蒂尔伯里小镇，英国诗人马斯特斯虚构了斯普恩河——一个人的肉身最终留不住他的灵魂。

我是从秋分的门槛回到山中。还没有上学的姐弟俩，早就来过几次了。一个叫打碗碗花，一个叫打碗碗籽，她们把黄角兰采摘下来，扎着玻璃糖纸，胡乱摆上窗台。通向水塘的小路上堆着树枝和石块，也许游戏还没有开始，就被什么东西打断，一阵风将她们刮走了。但姐弟俩的出行惊动了水池边的水蜘蛛，这些划艇高手学名叫水黾，将在月光的抚爱下举行一年一度的"烧斗香"仪式。它们停靠在自己的专属码头上，用细长的线香编制成斗状，中间盛满香屑。深褐色的水黾常年在水上漂浮，与倒影为伴。滑水的动作轻快而优雅，却水不沾身。水黾的细长腿部在水面踏出一个空气垫，在水面行走自如，相当于一位运动健将以每小时400英里的速度游泳。这些水黾细长的足向两侧伸张，在水面上形成一股凹槽，跟滑道一样好使。水黾家族把凌乱的皮划艇一字排开，族长面朝西方请出月姑，以卜灾祥。白天在市肆里买来一种特制的"月光纸"，挂在当门，顶上有两面旗子，红绿二色。这种神祃，用木板印制出月光菩萨的画像，另有玉兔持杵，像人一样在臼中捣药。水黾的小儿女们举着带拐子的小臂，表情木讷，一边对月而供，一边点燃自家带来的斗香，毛茸茸的长臂夹带着马粪纸扎的元宝和纸钱。忽然姐弟俩齐齐跑过田坎，几乎吓走了"月姑"。

我是如此急切地赶往山中。老远就听见有人连续在喊：吃汤圆，吃汤圆！又不是元宵节，我断定有人在恶作剧。路过村口的时候，远远看见一只松鸦在松树王上鸣叫。俗名沙和尚的松鸦，平常多在凉风垭一带游荡，头顶羽冠，受到刺激的时候竖直起来，以壮声威。秋季山区的松子成熟时，松鸦将松子从松塔中取出然后埋在土里，等到冬天食用。一只松鸦最多可以储存上万颗松子，并依靠惊人的记忆力来寻找它们。秋分的山村按照乡约，家家要吃汤圆，同时还把不用包芯的汤圆十个串成

我在秋分才明白，不管我怎样在山居和红尘中往返，那些昆虫才是山中真正的主人。

一串，或者二三十个一并煮好，用细竹叉吊着插到田间地坎，名曰粘雀子嘴，免得雀子来糟蹋庄稼。我悄悄靠近松树王，听见喊吃汤圆的不是别人，正是头顶上高声喧哗的沙和尚。这种留鸟能学人语，惟妙惟肖，它对鸟类的召唤不知是何居心。

我几乎在秋分的那“一刹那”赶到山中。我在高速公路的下道口，看见东山之月未升之时，英仙座爆发了大面积的流星雨，奥蓝色的钻石，一下子洒下300余颗。我突然感悟对时间的精确布道，只是习惯于沉浸其间。“刹那”原为梵文，取自汉语音译，意译为“须臾”，一个起心动念的时间长度。根据《摩诃僧祇律》记载：二十念为一“瞬”，二十“瞬”为一“弹指”，二十“弹指”为一“罗豫”，二十“罗豫”为一“须臾”，三十“须臾”为一昼夜。而一念相当于0.018秒。当我成为时间的柔性部分，时间就把我剁成灯影的切片。秋夜点的宝塔灯，演化成姬红萤的专利。她在旷野用瓦砾叠成七级宝塔，中间供奉地藏王，四周燃灯，称为“塔灯”。这些燃烧塔灯或闹宝塔的民俗行为，都借助了佛家的力量，照亮了究竟的意义。姬红萤是萤火虫的一种，荧火虫不仅成虫可以发光，就连卵、幼虫、蛹也会发光。在发光器的透明皮肤下面有发光层和反光层。发光层呈黄白色，是一种叫作荧火素的蛋白质发光物质。当荧火虫呼吸时，这种荧火素便和吸进的氧化合成荧光素酶，于是，它们的尾部就开始一闪一闪地发光了，时间也在一层一层蜕皮，无明被一点一点驱逐。

我在秋分是为了赶一场喜剧。上古“合男女”一直围绕秋季展开，今年秋社的祈子仪式上来了一批新客，她们扮成豆娘。豆娘的卵一般产在水中，因为多数雌虫习惯停在水边石块、杂物上，甚至还有的豆娘会把卵产在水中植物的茎叶当中。豆娘成虫常在水域附近活动，山川溪流甚或湖畔塘沼是豆娘成虫的活动地点。成虫大多飞翔能力较弱，豆娘点水，是因为雌豆娘和大部分的蜻蜓一样，喜爱这样的方式产卵。有些则顺着水草，游到浸没水草的水下用产卵器把卵注入到茎干内。雄性豆娘的生殖器官位于雄性的腹部，而雌性豆娘的生殖器官则位于尾部末端，所以交配的时候，雌性豆娘为了使它的生殖器官钩到雄性豆娘的生殖器，一对豆娘摆出了心的造型。

我几乎是在秋分的最后时刻赶到了山中。看见文星字塔上青烟缭绕，如袅袅炊烟升起。村民们围着石塔，思忖了一天一夜，纷纷议论菩萨显灵了，文曲星降临了，方圆百里学子要高中了。村民们怕石塔自燃，纷纷取水来降温，有好事者爬上塔尖，结果是一大群岩蜂在塔尖上群魔乱舞。实际上它们并不是作祟者，它们连续开会，在为一个如期而至的日子筹备着，受到惊扰后一哄而散，一小部分岩蜂到指甲花丛中拨弄珠算，大部分岩蜂挨家挨户充当说秋者。对于秋天来说，它们是农事的义工，向农人提请并传达秋天的意愿。嗡嗡作响的时候，并不是为了给农家说些甜言蜜语，博取赏金。它们跳着圆舞曲，挨家挨户空投一张图，图上面印着农历节气和农夫耕田的图样，名曰“秋牛图”。由于起事慌张，许多图案都没有干透，但却丝毫没有影响它们的游说热情。送图者大都是些民间说唱者，说秋的华美词藻脱口而出，句句得韵，说秋者在村里被尊为“秋官”。只是岩蜂撒下的图样太过袖珍，未能引起农家的注意。

我在凉意微逗的秋分赶到山中。小时候，父亲说我无用，总是拿蠕动的菜青虫吓我。本来我是不怕虫子的，认为它们温顺、真挚，不会说谎。几经惊吓，终于培养出我对虫子的反感和恐惧。我猜测，此刻光临我家的虫子并不是来换装的，它们可能受了父亲的委托，想让自己的神识自由迁徙，把肉身留在这间鬼屋。反正主人老不在家，它们进去玩也不用打个招呼，从铁门的下边，忘了关的阁楼窗户，以及烟道和开裂的墙体缝隙挤进去。某些聪明的虫子在深灰色的落地窗帘上产完卵，然后把自己打落楼道，一番玉体横陈。

我在秋分这个时间节点赶往山里。听见有人在林中咳嗽，或者猛烈地敲击着响板。我多次停车，与林中之人打招呼，却没人应答。只有风自顾嘶鸣，像是山妻呼唤雏儿。经山农指点，原来是篁竹自行开裂，从头到脚，一劈几瓣。秋分时节，祖父曾用这种竹子削成风筝的骨架，我的风筝往往和碧伟蜓一样莽撞，竞相跃起，在高秋中与其他孩童争宠。碧伟蜓代表着秋趣，模仿王字风筝、眯蛾风筝和雷公虫风筝的娇态，她们和秋天做着游戏并成为秋天的俯视者。有谁知道，一只碧伟蜓生命中的绝大部分时间是在水里度过的，她们在空中招摇，在水面产卵，最后不知所踪。

我在秋分时刻赶到了山中。就像往常一样，这一天倾斜的地球轴呈现66.5度，与地球绕太阳公转的轨道平面处于一种力的相对平衡。许多人从众，把玩古老的“竖蛋”游戏，虽然失败者无从抱怨，但成功者也没有得意洋洋。无独有偶，“独角仙”对这门绝活乐此不疲，它的学名叫双叉犀金龟，体大威武，雌雄异形。雄虫头顶生一架双分叉的角突，三对长足强大有力，末端均有利爪一对，构成抓物利器。与屎壳郎的不同之处就是它只有一根独角，推拉“元宝”的时候，具有更多的不确定性。一只独角仙对刚生下来的鸡蛋情有独钟，轻手轻脚地爬上饭桌，把它竖了起来。这只耍宝的独角仙，透过玻璃看见庭院灯照亮了光腊树，几百只独角仙密集地聚在一起观望。哦！它做了示范。独角仙的天敌并不多，主要有乌鸦、蝙蝠和一只立不起来的蛋。

我在无虫不欢的秋分赶往山中。蟋蟀、蝈蝈、金钟、黄蛉、马蛉或在高音区拉着电锯，或在低音区浅吟低唱。壶夜蛾已经演化成一种吸血鬼，它们不仅仅吸食脊椎动物的血液，在吸血过程中还对受害者进行叮咬，它们早已背离了祖先吸食果汁的习惯。壶夜蛾今夜放弃了嗜血行为，主要是来看热闹的，养虫盒、养虫缸、养虫罐、食盘、斗格、毫戥称等器皿堆在都承盘里，祖父的昆虫们被祖父带走了。蟋蟀是古老的虫子，它从《诗经》里爬出，乌绔皂甲，古风犹存。在石块、草叶上调弦，从来没有产生过左撇子。琴弓上长着一百五十个锯齿，搭在鞘翅上，琴弓开拉，四把尖锐的小提琴共鸣而起。秋夜绵长，蟋蟀和壶夜蛾到田间“偷”瓜，各自挑选了一只冬瓜和一只南瓜，并且伸出它们的口器在瓜皮上描摹婴儿的模样，然后吹吹打打、热热闹闹地将秋瓜送给那些不孕不育的夫妇，以求瓜瓞绵绵。

我几乎在秋分的最后一程赶到山中。秋天的樱桃树由绿转红，由红转紫，再由紫转枯。不禁让我想起净音寺的住持，每到夏秋之际就宣布，禁止僧侣夜游，以免踩死虫子。其时田野里的虫子们争相吵闹，提醒我秋鸣只适合于侧耳倾听。但我放大了秋声的袭扰，在夜里幡然醒悔，虫声盛满脆弱的心。当秋天歌弦杂作的合唱团，使用同一种频率的时候，寂静就被覆盖了。有时候一些声音过于沙哑，是因为还没有找到御寒的外衣。秋天的种子打落、掩饰，或者自我殉葬，一些灵识被裹挟其间，准备迁徙。我在秋分才明白，不管我怎样在山居和红尘中往返，那些昆虫才是山中真正的主人。它们化身为弓腰的尺蠖、四脚朝天的金龟子、狡猾的山蛩虫、装死的广腹螳螂、缠绵的花蚰蜒、患有拖延症的竹节虫、委身的赤练蛇、褐翅的日本纺织娘，以及坚定的瓢虫。秋分将秋天的愁离分开，将蝉声绝断。我匆忙地为虫子作传，就是因为虫子没有表现欲。而今秋分和虫子落地，停摆在屋檐下——秋虫不可以语冰。

我在秋分的最后“一刹那”抵达山中，开锁的时候转动弹子，我的心“咯噔”一声，委顿的时间豁然打开。

(鄂)新登字 08 号

图书在版编目(CIP)数据

美丽乡愁·2016/刘醒龙主编.
—武汉:武汉出版社,2017.2
ISBN 978-7-5582-1048-8
Ⅰ.①美… Ⅱ.①刘… Ⅲ.①故事-作品集-中国-当代
Ⅳ.①I247.81
中国版本图书馆 CIP 数据核字(2016)第 313910 号

主　　编:刘醒龙
责任编辑:李艳芬
装帧设计:沈力夫
出　　版:武汉出版社
社　　址:武汉市江汉区新华下路 103 号　　邮　　编:430015
电　　话:(027)85606403　85600625
http://www.whcbs.com　　E-mail:zbs@whcbs.com
印　　刷:武汉市金港彩印有限公司　　经　　销:新华书店
开　　本:787mm×1092mm　1/16
印　　张:12.5　　字　　数:250 千字
版　　次:2017 年 2 月第 1 版　　2017 年 2 月第 1 次印刷
定　　价:40.00 元